告白的书

♡BI XIN

《意林》编辑部 编

比心

吉林摄影出版社
·长春·

## 图书在版编目（CIP）数据

比心 /《意林》编辑部编. -- 长春：吉林摄影出版社，2017.7
（告白的书）
ISBN 978-7-5498-3241-5

Ⅰ.①比… Ⅱ.①意… Ⅲ.①短篇小说-小说集-中国-当代 Ⅳ.①I247.7

中国版本图书馆CIP数据核字(2017)第178812号

### 比心 BI XIN

| | |
|---|---|
| 项目出品 | 意林告白的书 |
| 出 版 人 | 孙洪军 |
| 主　　编 | 顾　平　杜普洲 |
| 责任编辑 | 施　岚　胡晓路 |
| 总 策 划 | 蔡　燕 |
| 丛书统筹 | 黄　磊 |
| 策划编辑 | 黄　磊　孟晓雯 |
| 设计总监 | 资　源 |
| 特约编辑 | 孟晓雯 |
| 封面设计 | 资　源 |
| 美术编辑 | 金　宇 |
| 开　　本 | 880mm×1230mm 1/32 |
| 字　　数 | 200千字 |
| 印　　张 | 8 |
| 版　　次 | 2017年7月第1版 |
| 印　　次 | 2017年7月第1次印刷 |

| | |
|---|---|
| 出　　版 | 吉林摄影出版社 |
| 发　　行 | 吉林摄影出版社 |
| 地　　址 | 长春市泰来街1825号 |
| | 邮　编：130062 |
| 电　　话 | 总编办：0431-86012616 |
| | 发行科：0431-86012602 |
| 网　　址 | www.jlsycbs.net |
| 经　　销 | 全国各地新华书店 |
| 印　　刷 | 河北鹏润印刷有限公司 |

| | | | |
|---|---|---|---|
| 书　　号 | ISBN 978-7-5498-3241-5 | 定　价： | 32.80元 |

**版权所有　翻印必究**

（如发现印装质量问题，请与承印厂联系退换）

比 ♥ 心 | 目录  1
BI XIN

/ 第一章 /
世界再大，
我走不出你

003 我的男神叫宋玉 — 孙晓迪
009 我选择和你一起谈恋爱 — 柒叔
015 北京的秋天木樨香如故 — 昭君同学已出塞
020 我不喜欢这世界，我只喜欢你 — 乔一
027 初恋未告白 — 高小方
034 幸运的是，我喜欢你的时候你也喜欢我 — 花青瓷
039 盛夏的大雨淋不湿少年的天空 — 陈小艾
044 别笑，我真的不会追女生啊 — 乔维里
047 永远欠青春一句告白 — 陆鸡鸡
052 每一次叫你，都是一句"我爱你" — 大牙秦
057 任何为人称道的美丽，都不及第一次遇见的你 — 浅步调
060 就算世界荒芜，我愿做你永远的信徒 — 余言
066 我就知道你喜欢我 — 王乔赤松子
073 喜欢对的人，会让你发光 — 浅果果

## 比心 | 目录

/第二章/
**两个人不等于我们**

080　你是我望尘莫及的美好—陆浓
086　你这病，初步诊断是遇见了爱情—柒先生
092　年少时的喜欢，都被秘密终结—饱肚师叔
096　别了，姑娘—张玮
099　她的少女时代—喜宝
102　我也是个有人追的女同学—七毛是我
108　我的女同学半牙小姐—苑子豪
113　你可曾这么长久而深沉地爱过一个人—佚名
116　我就喜欢不那么好的你—周宏翔
121　暗恋你是我这辈子最美好的事情—四毛
127　记忆中的一位少女—洪烛
131　找你喜欢的女孩子说句话—调调

比 ♥ 心 | 目录
B I X I N

/第三章/
情书不包邮，
情浓已超重

136 遗失男友一名—Cigaly

139 那些永远不知道的事，刻着「我爱你」—六陆

142 南方南，唯祝好一枚如果

145 我喜欢你叫我「少女」时的温柔—惟念

148 毕竟暗恋是我最擅长的事—佚名

151 15岁的暗恋—夏雨珊

156 便利店姑娘—周宏翔

159 罗宋，我的青春从遇见你开始—紫堇轩

163 你有你的糖小姐，我有我的苦咖啡—简一小姐

166 不再暗藏的情书—张爱笛声

171 如果我爱你，你也爱我—高小北

174 就此别过，亲爱的姑娘—路明

180 你值得被爱—琦惠

185 世界是一封情书，我爱你没有句号—卢思浩

188 《恶作剧之吻》直树30年后写给湘琴的情书—佚名

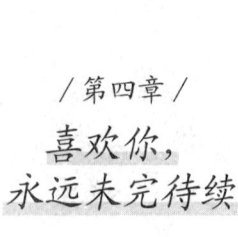

## 比心 | 目录

4

/第四章/
喜欢你,
永远未完待续

192 樱花少年,多希望你在—潘云贵
195 待你长发及腰,拿来拖地可好—苏小城
200 再见,足球男孩—多多
207 女神莫欺少年矬—围子
210 白衫成花—北方
213 我是否错过了一杯咖啡—吴楠
216 一生说一次—李阳
222 暗恋成灾—黑武士
226 只差你一个转身,爱一直都在—关东野客
232 亲爱的青春年少—谷煜
238 那年,谁是你的特别关注—沈锁锁
241 黑名单里的爱情—猪小浅

世界再大，我走不出你

 第一章

# 我的男神叫宋玉

/ 孙晓迪 /

就算杀我100次我也不敢想象,宋玉长到17岁的时候,会成为我的男神。

宋玉打小就欺负我。

揪辫子、吐口水什么的都是小意思,宋玉常常像评书里说的那些大将,"一个斜刺里杀将出来",伸出胳膊就把重心不稳的我推倒。然后他就一边茫然地流着鼻涕,一边看我坐在地上"哇哇"大哭,从罪魁祸首到围观群众的转换,他总是衔接得那么自然。

我和宋玉交锋的结局永远是我被打得直哭。一次宋玉的妈妈冲出来教训宋玉,宋玉翻着白眼说:"她挠我脸。"

阳光下,院子里的蔷薇花正开得灿烂,宋玉脸上的两道血痕,看上去那样耀眼。

小学六年,我是带着对宋玉咬牙切齿的恨意度过的。而宋玉对我使的坏,简直到了丧心病狂的地步。他只要看到我,不管在哪儿，都会上来捉弄我，拉我书包，扯我裙子，甚至戳我脸，戳得还特别理直气壮。

"林荚，你看见我脸上的疤没有？你给我毁容了你知道吗？你犯法了，我可以去告你的。"

我始终记得阳光下宋玉的那张笑脸，明晃晃的，特别耀眼，眼睛是黑的，牙齿是白的，头发是干干净净的。还有他的校服，小白衬衫穿得平平整整，透着一股好闻的洗衣液的香。

这明明是个很英俊的小男孩啊，怎么那么讨人厌？

初中我们不在一个学校，宋玉考到了二十二中，那是本市最好的中学。而我留在了本校初中部。

但我并没有摆脱宋玉的阴影。因为他成绩优秀，我妈开始频繁地在我面前提他的名字。

我人生中最得意的一次经历，就是我曾在两个月之内将考试名次从班级第30名提到了年级第1。我把成绩单给我妈看，喜滋滋地对她说："你瞧，宋玉没什么了不起的，你女儿以前之所以考得不好，只是不稀罕而已。"我妈当然很高兴，因为我凭这个成绩，顺利地被东山高中录取了。去东山高中上学的第一天，我又遇到了宋玉。他和几个男生谈笑风生地走着，看到我，略点点头，微微一笑，就径直走了过去。

距上次买年货时遇到他，已经过了一年多了。那时是在商场，人特别多，我除了看到他挺拔的身材和干净的脸，就没注意到别的。而现在，太阳明晃晃地斜照下来，我看清了17岁的宋玉。

他怎么那么帅啊！比小时候更好看了，是一种介于少年和男人之间的俊美。随便穿了件校服，却显得很笔挺，短袖衬衫下的手臂结实饱满，有着女生永远不会有的那种脉络，像某种清新的植物。我的心突然"怦怦"地跳了起来。和宋玉擦肩而过的那一瞬间，我一下子想起了很多小时候的事。他推我，揪我辫子，让我摔跤……小时候让我恨得咬牙切齿的事，如今回忆起来竟然变成了甜蜜。

我承认，我喜欢上宋玉了。我找宋玉借了两次参考书，又还了两次，之后就逐渐熟悉起来。

我们互留了电话、QQ（腾讯公司开发的即时通信软件）和微信，我每天都抱着手机刷他的"朋友圈"，还偷偷去看他打篮球。看他跑动，看他扣篮，看他甩着头发上的汗水，看他打完球后对着水龙头喝水，看他像小孩子一样和朋友嬉笑打闹……糟了糟了，我这么喜欢宋玉，可怎么办啊？

同样让我不知所措的还有我的学习成绩。分班时，我靠中考成绩排到班级第7名的位置，坐在最前面；期中考试时，我却考了第49名，整个班也不过53个学生。班主任很惊讶，找我谈了一次话。我妈的反应倒比较平常，她语重心长地对我说："林荚，把心踏实下来吧。"

总说要踏实，这个"踏实"，要怎么做到呢？我觉得我挺踏实的啊。我踏踏实实地喜欢着宋玉啊。

期末考试我进步了，第48名。

我真的急了。因为我觉得我已经很用功了，我连看漫画的时间都用来学习了。

可是现在我明明努力了，却只进步了一名，我怎么也想不通。

想不通的还有宋玉的一个哥们儿，叫许子期。

他竟然大大咧咧地找到我，当着走廊里很多同学的面对我说："你怎么学习成绩那么差啊？这可不行。"

"关你屁事！"我毫不示弱。

"你配不上宋玉啊！"

许子期这话一出，走廊里所有人都往我这边看，我再怎样洒脱，被人当场戳穿心事，也没办法淡定自若了。我当时脸红得发烫，低着头愤恨无比，却忽然注意到一个细节。许子期手里，拿着一个中国结手机链，那可是我花了三个晚上编好送给宋玉的。

我送他手机链时尽量让自己显得很自然，我甚至拿小时候的事来当挡箭牌。"我不是毁你容了吗？这个算是赔礼道歉吧。"宋玉干净的脸上，还能看到淡淡的两个印子，当然不仔细看是看不出来的。

他笑着收下了，说小时候的事几乎都忘了。

这不免让我觉得有些心酸，他推了我那么多跟头，竟然都忘了？不过我看他收下了手机链，就又高兴起来。结果，现在许子期拿着它出现在我面前，还口口声声说我配不上他。宋玉，是瞧不起我吗？

我很少哭。哭是失败者的表现，是蠢人才会做的事，我这么聪明，怎么能哭？哭不就代表着我输了？

可我真的每天晚上都对着卷子掉眼泪。我不知道该怎样学了。上课我都能听懂，做题我也都会做，可我就是考不出好成绩。一到考试，我就觉得往日我那些卓越的、聪慧的脑细胞都离我而去了，坐在考场上的，是一个大傻瓜——大傻瓜林荚。暑假后我升入高二，成绩依旧是倒数的。而我的男神宋玉，代表东山高中去北京参加奥数比赛，还拿了一座奖杯回来。一种可怕的情绪正在侵蚀着我，从小就觉得我就是太阳、我就是一切，但此时我开始自卑了。自卑的我骑车走在马路上，真希望这条路没有尽头，这样我就可以一直骑下去，不用回家，也不用上学，更不用面对一系列我已经无法搞定的烦心事。突然我听到宋玉在身后叫我："林荚！林荚！"原来他也骑车上下学，我回头看他的时候，注意到他的那辆单车上挂着一个火红的挂饰。那是我的……我又想哭了。我不知道该如何面对宋玉,这个小时候的大魔王,如今的优秀少年,在我心里占据着重要位置,我想跟他并肩前行,我想站得和他一样高,我想配得上他……可我做不到。

"你最近怎么了?是因为学习上的事儿吗?"宋玉追上我,温和地对我说,"你不要急呀。"我还是哭出来了,在我的男神宋玉面前,"哇哇"大哭。

那天宋玉请我喝了咖啡,我们在一家安静的咖啡馆里坐了许久。因为我的请教,我和男神宋玉的第一次约会变成了一场差生对学霸的访谈。"学习不好怎么办啊?""学啊。""怎么学啊?""做题。"宋玉慢条斯理地喝着咖啡,觉得这是再简单不过的事了。我的男神宋玉就这样轻描淡写地告诉我,学习走不了捷径。他说得这样简单直接,说得我无地自容。一直以来,我都想找一个速成的办法来提高成绩,所以才欲速则不达,反而走了很多弯路吗?难道宋玉说的,就是我妈妈嘴里的"踏实"?夏天过去时,我做满了一本题库,是宋玉给我的。

我自己先做,遇到不会的就圈起来,晚上在网上问宋玉。他只告诉我公式和基本思路,然后我继续做,一直算到最后一步。每天早上我都会背单词,因为他说阅读理解没什么难的,认识的单词多了自然就能看懂了。虽然都是些看上去很笨的法子,可是我知道这才是提高学习成绩的唯一途径。我认真地做题,认真地背单词,认真地请教宋玉。他来我家指导我时,我的心空前地安定。林荚,我告诉自己,你应该先学好,才能去想别的呀。先站到男神身边,才能想别的呀。

我以班级第4名的成绩参加宋玉的生日聚会时,遇到了许子期。暑假时,宋玉曾告诉过我,许子期高一时有个女朋友,但是宋玉觉得那女孩不好,太轻浮,就不太支持他们交往。"许子期是报复我呢。"宋玉笑得眼睛眉毛都弯起来了,"他以牙还牙。"许子期站在包房门口,笑着不让我进去,而宋玉则在里边大叫:"老许,别拦我女朋友!"许子期大笑:"老宋,这次我批了,你俩处吧!" 宋玉继续叫:"你谁啊你?我俩小时候就好上了,我脸上现在还留着她给我的印儿呢!"我早就忘了宋玉还有调皮的一面,可是现在,他像小时候那样与许子期他们笑闹。我看着他的头发,干净的,还散发着好闻的苹果味洗发水的清香;我看着他的眼睛,清澈的,像年轻的野马一样的眼睛。我上上下下打量着他,开始笑,当时特想矫情一下,告诉全世界,我身边这个优秀的英俊少年,是我的男神,叫宋玉。

## 我选择和你一起谈恋爱

/ 柒叔 /

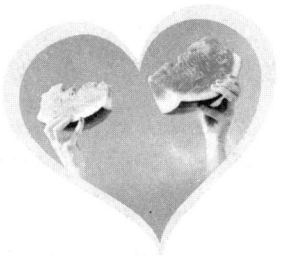

认识你越久,越觉得你是我喜欢夏天的理由。傍晚的凉风,冰镇的汽水,巧克力冰激凌,切开的西瓜,都不如你的樱桃小嘴一个"么么哒"。

**1**

我想起以前收到过的一条短信,就四个字:我恋爱了。

那时候,短信1毛钱一条,只能写70个字,手机短信内存是200条,所以每一条信息都那么谨慎,内存满了,于是翻来覆去,舍不得删,最后还是要删掉一条,好让新的一条来填充。后来,微信随便发,还可以撤回。

那条短信是我一个学姐发给我的,2003年,王诗璇因为发烧被暂时隔离,因为那个时候有一种很恐怖的病毒在疯狂肆虐,叫非典。我们唯一的联系方式,就是偷偷地发短信。

一开始王诗璇问我:"我会不会突然死掉?"

我开玩笑吓唬她说:"说不准。"

王诗璇说:"我不要,我还没有谈过轰轰烈烈的恋爱呢。"

我说:"那你抓紧啊!"

我们从来没有觉得一场发烧会有多恐怖,直到我们听说了第一例死亡。那时候,王诗璇只是去挂点滴,体温没有升高。我们在学校的食堂里吃饭,她说:"我要多加一份红烧肉。"

我问:"你干吗,吃那么多?"

王诗璇说:"如果我的体温控制不住,我就要被隔离了。"

我说:"隔离了,我去给你送饭,天天红烧肉,腻死你。"

王诗璇说:"可是,我还没有谈恋爱啊!"

我说:"你要是不嫌弃,我可以陪你谈一场,关键是我没经验,不知道该怎么开始。"

王诗璇说:"从接吻开始。"

我擦了擦嘴。王诗璇笑着说:"你干吗?"

我说:"接吻啊!"

王诗璇说:"你滚,咱俩这么熟,怎么接?"

我说:"眼一闭,心一横,就当吃了一块红烧肉呗!"

王诗璇说:"你不怕我传染给你感冒啊?"

我说:"如果接吻真的可以把你的感冒传给我,我还真愿意替你扛一回,感冒多大点事儿,对于我来说,一碗热乎的红糖姜水,两床被子,就过去了。"

我不知道王诗璇是不是哭了,她抹了一下眼,说:"谢谢你。"

你是渔人的晚歌,我是西边沉下的夕阳;我读你眼里情书一页,诗词歌赋,你吃我盘子里红烧肉一块,狼吞虎咽;我们是山河里不被合并、并排的溪水;我们是星空里不能聚首,相邻的星座……一旦开始爱了，便各奔前程。

## 2

我哪知道什么叫爱，我只记得，你趴在书桌上睡觉，风穿过窗户，光穿过窗户，我拉了拉窗帘。语文老师站在讲台上，点了你的名字，我轻轻地碰了碰你，递给你语文课本，指着那一段，你迷迷糊糊地站起来，逐字逐句地读。

我曾经多么讨厌"背诵全文"这四个字，可是，因为你，我觉得它们真可爱。

那天王诗璇被隔离了，体温高得离谱，我给她发短信：我抢到红烧肉了，快来食堂。

她说：我被隔离了。

我说：你等着我去看你。

她说：你别来了，查得很严。

我说：我晚上偷偷去看你，给你带红烧肉。

她说：我告诉你一个好消息。

我说：隔离了，还有好消息？

她说：我恋爱了。

她说：你什么时候来给我送红烧肉？

我说：我都吃完了。

我还是偷偷地去给王诗璇送红烧肉了，我在塑料袋里装满热水用来给小铁饭盒加热，因为王诗璇说过，凉了就不好吃了。我趴在门诊室的窗户上，看着王诗璇一块一块地吃肉。我问她："恋爱是什么感觉？"

王诗璇说："你吃过6月当季的樱桃吗？个儿大红润，一口咬下去，'扑哧'，果汁在整个口腔里爆炸，有点儿甜有点儿酸，所有果肉都脱离了核。你嘴里攒了一股劲儿,对面是垃圾桶,'噗',发射,一发命中。"

我说:"比红烧肉好吃吗?"

王诗璇说:"如果你饿了,你应该吃红烧肉,樱桃是用来享受的。"

我无法得知,喜欢是一件多么酷的事儿,像一场持续不退的高烧,像数学考卷最后一道送分大题,还是你说阳光真烈,我拐弯进了小卖部买了"可爱多"。你说那棵大树底下好乘凉,可是它日复一日地形单影只,它见过风,风吹得树叶"哗啦啦",可是,风走的时候,它拿一地落叶跟随祝福风前程似锦。

我终于过腻了夏天,却从没过够跟你一起烧烤一盘一盘,西瓜一块一块,冰激凌一杯一杯的日子。我沿街奔跑,没追上最近的一班公交车,王诗璇在身后笑着跟我说,你总要错过一班车,才会遇见一些人。

## 3

那男生跟王诗璇说,那天你发着烧来表白,我知道我没法拒绝你。我不想伤害你,我不想你在高烧的时候还被拒,那多不人道,所以我答应你了,我觉得爱可以治愈一切疾病。现在你终于有惊无险,我想好好跟你说一下。

王诗璇说:"你是要拒绝我?"那男生笑了笑。

王诗璇突然转身走了,一边走一边说:"你说过你喜欢我,怎么能出尔反尔?"

那男生冲着王诗璇说:"你这次走得一点儿都不可爱。"

王诗璇气冲冲地说:"哪一次可爱?"

那男生说:"上一次你来表白的时候,开心得蹦蹦跳跳走的。"

王诗璇说:"那天心里装了一只小白兔,今天心里装了一只刺猬。"

那男生说:"我话还没说完,你干吗着急走?"

王诗璇说:"你太欺负人了,难不成我还要当着你面哭啊?那样一点儿也不酷!你就不能骗我到毕业吗?"

那男生说:"到毕业?时间太短,不值得下手,我目光比较远,想试试骗一辈子。那天你来表白,我看着你像只兔子蹦蹦跳跳地走,我始终觉得,两个人一起蹦蹦跳跳的比较好玩。在爱这件事上,我没输给你,虽然你表白在前,可是我很久很久以前就喜欢你了。"

王诗璇问:"从什么时候开始?"

那男生说:"从入学的那天,你抓了一大把樱桃递给我吃,然后笑着问我,同学,你叫什么名字?"

王诗璇问:"那你为什么不跟我表白?"

那男生说:"我当时怕影响你学习。这几年才发现,就你那成绩,我就是再影响,你还有下滑的空间吗?"

王诗璇说:"你滚。"

那男生说:"那天你从门诊室出来,微笑着看我,我就知道,我爱对了人。你身上发着光,我就觉得像是捡到了一块宝,我要把你藏在心里,可是光会发热,我整个人会发烧,就像得了一场重感冒,还好你是良药。"

王诗璇问:"如果我没有生一场大病,没有跟你表白,你会什么时候告诉我你喜欢我?"

那男生说:"樱桃成熟时。"

王诗璇问:"为什么?"

那男生说:"因为从那天起,我喜欢上了你傻傻的样子,你把垃圾桶放得有点儿远,你说,来,看我们谁吐得准,'噗、噗、噗'。你嘟着小嘴,倔强的样子,那么可爱。"

离你最近的人,路途最遥远,内心起伏是山川,表白是奔流入海,连"小白兔白又白"这种歌谣都要反复练习,我们都会在枯水年纪迎来一场大雨,路很泥泞,可总有人邀你同行。

我看过月朗星稀,看过湖波荡漾,看过樱花满地,我觉得许多事儿很美,你千万别忘了,你心底还住着一个少女,你要去尝尝恋爱的滋味,在雪地里撒娇打滚,抢盘子里最后一块红烧肉,吃第一口雪糕被粘住嘴,西瓜掏空了就是我的头盔,手举棒棒冰就可以冲向最远处,在练习册上用圆珠笔写一百遍他的名字,最后落款"我爱你"。跟喜欢的人做傻事,那该是一生中最美的时光。

恋爱最可爱之处,就是,有人陪你傻,连你生气嘟着嘴的样子都觉得美,我只想送你三个吻,在额头,在腮边,在嘴唇上。

我们往往在懂得这一切的时候,已经错过了一切。

王诗璇毕业的时候站在学校的大门前跟我说:"当你知道一个人或是一件事是最美的时候,也就是失去的时候,你千万别等出了这扇门才知道,还好我从这里带走了最美的东西。听说,今年的樱桃特别好吃。"

我笑了笑说:"嗯,我恋爱了。"

王诗璇问:"恋爱是什么感觉?"

我说:"你知道什么是心动吗?"

# 北京的秋天木樨香如故

/ 昭君同学已出塞 /

简樨是在高二刚开学时学校组织的大型活动"书院行"期间第一次见到肖恩的。正值初秋,天朗气清,来自北方的冷空气裹挟着青草香,吹拂着正要结伴去旅行的少年们的额头。

走访的白鹭洲书院离豫章大约五个小时的车程。走访小分队都是从各个班级里挑选出来的,彼此并不熟悉。带队的王老师为了活跃气氛,拿着话筒在大巴的最前面喊:"肖恩,你出来给大家唱首歌吧。"

大约是话筒杂音有些刺耳,坐在倒数第二排靠着窗正要睡过去的简樨迷迷糊糊地醒过来,恰好看见少年拿着吉他,从容地走到大巴的最前方,淡然地在众人的目光下拨开弦来。

旁边的女生们都红了脸颊,男生们都站起来起哄,而他的眼神自始至终没有投给任何人,独自安静地低着头唱歌。

至今,简樨甚至能记得那个声音温柔地唱道:"那片笑声,让我想起我的那些花儿……"

当天晚饭过后,餐后游戏斗地主的时候,肖恩一共输了三顿麦当劳和身上所有的零食给简樨。女生撇撇嘴:"呀,你都没有什么可以输的了,我不玩儿了,多没意思。"

肖恩洗着牌说:"最后一局,最后一局。"

周围观战的人迟迟不肯走,有人在简樨身边笑道:"你真是赌神啊。"

不负众望地,肖恩依然输了,他拿起身边的笔,在纸条上写了什么,递给对面笑得像一朵盛开的向日葵般的少女:"我的电话号码输给你。"

少年澄澈的目光落在简樨的眼睛里,她被看得脸红心跳,耳朵根部染上了朝霞的颜色。倒是旁边起哄的人群炸开了锅:"哦,肖恩呀。"

青春期的少年们总是那样热热闹闹,次日游览位于白鹭洲中学里的白鹭洲书院时,同学们半开玩笑地把简樨和肖恩远远地甩在了队伍的最后。

简樨开始还有点儿尴尬,摆弄着自己的手指甲问:"这是不赌不相识吗?"

旁边的肖恩"扑哧"笑出声来,一瞬间,像是有什么融化开的声音。

莫名地,他们就成了好朋友。

拿到的电话号码,简樨一次也没有打过,但是每次相遇攀谈的过程都出乎意料地舒畅。

高二下学期,简樨常在市立图书馆碰见肖恩,自习室里低着一排排的脑袋。偶尔肖恩会教她解不出来的数学题,他总是把步骤写得十分详尽,连简樨不记得的推论都会将推理过程标示清晰。简樨则会在每次小假期要结束的时候帮手忙脚乱的肖恩写两篇英语作文，结尾处标上两个小字：加油。

高三的运动会上，简樨在100米起点处的草地上遇见刚刚结束比赛的肖恩，少年把包扔在地上，然后坐在了她身边，笑着问："你想什么呢？"属于少年的馨香擦着她的鼻尖蔓延开来。

那是他们第一次谈起梦想。

肖恩目光灼灼："我们约定，一起考去北京的大学好吗？"

高三第一次期中考试以惨烈鲜红的分数画上了分号，简樨看过文科班的排名表之后又跑下二楼去看理科班的排名表，那个从未跌出前二十的名字让她暗暗咬着嘴唇，还执着地数了数自己和那个名字的排名差。

接下来的日子里，简樨的桌角贴上了一张小小的便利贴，上面用红笔写着一个数字，路过她课桌的同学看到便利贴总问她，这个数字是什么意思？她摇着头笑而不答。但是细心的同桌发现，那个数字随着每次考试，都在慢慢变小。

那一年的初冬，简樨从班主任的办公室拿回了中国人民大学的自主招生报名表。两个月后，她不负众望地接到了中国人民大学发来的面试通知。

启程去北京前，正是高三第一次摸底考试的前一天，简樨把桌子上所有的书和笔记本装进书包里。冬季天黑得格外早，走廊里昏黄的灯次第亮起，简樨在楼梯口看到了肖恩。

少年拿着拖把，气息不稳，好像是从楼下跑上来的样子，女生黑色的长发侧梳在胸前，抱着一大摞书，灯光下微笑着的白净的脸让他想起那天在白鹭洲书院的下午，她指着书阁前面星星点点开着黄花的桂花树说："桂花也称木樨，因为我生在秋天，冷空气里的桂花香更加馨香，所以取名'樨'。"

肖恩原地看了许久，终于开口："你面试加油。"

也不知道是不是这句鼓励来得恰到好处，简樨成了全校唯一一个通过人大自主招生面试享受高考降三十分优惠政策的学生。

6月，最终在千呼万唤中到来，高考结束的那天，校门口人头攒动，远看甚至有些庆典的氛围。简樨在人群中踮着脚搜寻许久都没有看见肖恩的身影，在父母的再三催促下只好离开了学校。

她却没有想到，从这个夏天以后，就与肖恩断了联系。

无论是他的好朋友还是老师抑或是同班同学，都联系不上他，直到志愿填完，放榜之后，简樨如愿去了人大，她才从肖恩班主任的嘴里听说，肖恩以几分之差和人大失之交臂。

简樨回家之后从手机里翻出她存了两年却没拨过一次的电话，踌躇再三，对着镜子反复练习好多遍安慰的话，才敢拨过去。而此时肖恩正在家里收拾东西，准备办理复读的手续。母亲再三劝他，他只是去不了最想去的那所学校，但还是有其他不错的选择的。

肖恩正把自己心爱的吉他装箱，放进书橱顶端的柜子里，手机在沙发上响过三声，他盯着屏幕上一次也没有亮起过的"樨"字，愣怔着，在铃声断掉再次响起时挂断了电话。

8月末，简樨在机场换登机牌准备登上北上的飞机时，肖恩就站在电梯旁，他既没有叫住推着行李箱的女生，也没有发信息给她，就那么远远地看着那个瘦削的背影背着书包消失在安检处。

高中过后的大学生活是那么满满当当，多姿多彩，尤其对于充满好奇与新鲜感的新生来说，更是如此。简樨自然而然也被吸引着，她申请学生会，加入社团，周末和室友逛街、唱歌，像每个平凡的大学女生一样，充实而忙碌着。

只不过每次路过中关村的新中关门前看到地铁站附近的流浪歌手时，她一定会停下脚步，听他唱完一整首《那些花儿》。

在北方，她再未在人群中见到哪怕一个和他相似的背影。

室友时而好奇追问，简樨有那么多追求者，为什么却连约会都不曾有过一个呢？简樨坦然地回答："我不知道你是否曾有过这样的感受，就是有这样一个人，假如你不能和他在一起，那么也不想和别人在一起。"

北方的秋天只有吹乱枝丫的大风和冷空气，不曾有过木樨香。

大二开学正值初秋，某个傍晚，简樨的室友下课后火急火燎地冲回寝室换衣服化妆。原来听说燕园今年的新生组了一支乐队，晚上要来学校小操场演出。

简樨随着人潮，也打算去凑个热闹。

主持人简单地开场介绍之后，乐队的成员分别登台。主唱拿着麦，话筒的杂音和三年前大巴上的话筒杂音一样刺耳，少年试了试音，他说："我没有在演出之前废话的习惯，但是今天很特殊，简樨，树下穿白衬衫的姑娘，你还没有给我接风洗尘呢。"

人群窃窃私语，然后是大范围的骚动，人们的目光纷纷朝简樨的方向投过来，肖恩在人声鼎沸中依然那样从容不迫地拨着吉他弦唱："那片笑声，让我想起我的那些花儿。"

简樨在沸反盈天的议论声中，在肖恩依然温柔的歌声中，汹涌地哭了出来。

此间少年，终于等到你。

# 我不喜欢这世界，我只喜欢你

/ 乔一 /

## 1

出差回来，在机场接到闺密电话，失恋了哭得稀里哗啦。我拖着箱子陪她去喝酒。

她说有始有终的爱情是人间异数，是天上掉馅饼，根本不能奢望它跟发盒饭一样，到饭点就人手一份。

回到家我特别伤感，抱着F君说："我这人运气一向不好，我这辈子最幸运的事大概就是遇见你，所以我特别特别珍惜，长这么大唯一坚持下来的事情就是爱你。"

他说："嗯，你这么想我很感动。"他顿了顿又说，"但是你不要以为这样我就会原谅你凌晨三点才回家。"

说完他狠狠瞪我一眼，起身去厨房帮我泡蜂蜜水解酒。

## 2

我话很多的，经常在他耳边叽叽喳喳说个不停，有天我突然问他:"你会不会觉得我很啰唆?"

那时他在开车,眼睛看着前面的路,面无表情地回:"是挺啰唆的。"

我有点儿不高兴,原来他一直觉得我烦。

他忽然笑了,说:"反正得听你啰唆一辈子,习惯就好。"

## 3

我和他是高中同学,他读书时和现在一样,嘴上不饶人,但心肠很好,一直很照顾我。后来发生了一些事情,我们当时都不太成熟,为一点儿小事就绝交了。

他去英国读书,好多年我们都没再联系。同学会上提到他,有人说无意中拨错号码,打他以前的手机号居然通了,才知道这些年F君一直留着原来的号码。

"在国外不是很不方便吗?"

大家都很费解,最后统一得出结论:大神的行为模式不是我等凡人能会意的。

没过多久他生日,我鼓足勇气给他发了条短信,抱着手机看了一晚,他没回。直到第二天下午他才发来回复,很疏离很客套的两个字:谢谢。

后来他回国,我一身孤勇来北京找他,我们和好,决定在一起。有一天我在书柜里找到他以前用的那部诺基亚N97,打开看到通话记录和短信都删得干干净净,只有短信草稿箱还有东西,我点进去,里面存了几十条草稿。

今天碰到一个女生很像你。

Paul(保罗)出了新专辑,听歌的时候感觉你就坐在我旁边。

长沙降温了,你记得加衣服。

我原谅你了,给我打个电话好不好?

……

最后一条是:我好想你。

时间是他生日。

## 4

去年在一个挺偏僻的山区做活动,人群中我被推搡着摔了一跤,腿正好磕在石头上,疼得眼泪都流出来了。同事来扶我问没事吧,我爬起来拍拍手说没事,贴了两枚创可贴继续工作。

回去才发现半截裤腿上都是血,一瘸一拐地去医务室,医生说得缝两针,但是医务室没麻药。因为第二天还有任务,耽误不得,我心一横,缝吧,我忍着。

硬是忍着一声没吭。

同事在旁边看着,一米八几的东北大男人居然眼眶红了,他说:"哥真心佩服你。"

我还挺不好意思的,说:"这算什么呀,我小时候做手术,比这疼一百倍都忍过来了。"

回北京F君来接我们,我一上车倒头就睡,中途醒来听同事在跟他聊天,说我早生个几十年肯定是刘胡兰。

"她在家也这么要强?"

F君说:"不,在家很爱撒娇,经常看电影哭得满脸眼泪鼻涕要我哄,跟个小孩儿一样。"

同事很困惑:"为什么?"

"因为只有在我面前,她可以不用坚强。"

我默默听着,突然鼻子一酸。

我以前在书里看过一句话,印象很深,说在人的一生中,遇到爱，不稀罕，稀罕的是遇到了解。

我想这就是了解吧。

## 5

公司要做一个关于怀念青春的策划。

我给朋友们群发了一条信息：你学生时代喜欢的那个人现在怎么样了？

收到各种答案：

成了别人孩子的爹。

结婚了，生了孩子，昨天晚上梦见他，还是那样对我不屑一顾，好像不管我多努力，都追不上他的脚步，梦里很难过，因为他没有做错什么，他只是不爱我。

学生时代只爱黄冈模拟题。

慢慢看下来，发现不小心也给F君发了，我倒也没抱希望，他基本不回这种群发短信。等了好一会儿，他果然没回。

那阵子我们工作都很忙，我回家已经晚上十一点，他比我还晚。半夜睡得迷迷糊糊时感觉他蹑手蹑脚地上床，帮我掖了掖被子。

第二天我醒来时他已经走了。我到公司才发现手机里有一条未读信息，打开，看到他的答案：

成为我妻子，在我身边睡着了。

凌晨两点四十五分。

## 6

跟F君刚谈恋爱那会儿，我对这段感情没有把握，他又是很固执的人，每次吵架都是我主动认错和好。

有一回我们吵架,他晾了我一星期,我厚着脸皮赔笑脸,可他就是不理我,那天正好车里在放张悬的《宝贝》,里面有一句歌词:"我的小鬼小鬼,逗逗你的眉眼,让你喜欢这世界。"

我说:"你看这歌词写的不就是你吗?跟个小孩儿似的好像世界都是你的。"

我自说自话了半天,声音越来越小,越来越哽咽,心里委屈得要死,心想不理就不理吧,大不了分手。

一路无话。车在我公司楼前停下,我正准备开门,身后的他突然拉住我,低头闷闷地说:"可是……我不喜欢这世界,我只喜欢你。"

我眼泪"唰"一下就流下来了。

## 7

我外婆年纪大了,脑子有些迷糊,全家只有F君能跟她沟通,我们都觉得特别神奇。有一年过年回老家,我帮妈妈做饭,F君在院子里陪外婆聊天,我听到他在教外婆说英语。

"I love you,就是'我爱你'的意思。"

"你慢点儿说,矮什么?"

F君很耐心地说:"矮——那——屋——有——"

外婆信心满满地点头:"记住了!"

晚上吃饭我故意问外婆:"听说您会说英语了?"

外婆很高兴:"小F教我的。"

F君歪着头问她:"'我爱你'怎么说?"

"矮……矮……矮……"她想了好久,终于想起来了,"矮隔壁有!"

一桌人都被逗笑了。

夜里我出来倒水，看到外婆屋里的灯还亮着，以为她又忘了关灯，走到她门前，看到她一个人坐在椅子上，捧着外公的遗像小声说："老头子，爱隔壁有。"

那晚睡觉F君抱着我说："外婆很孤独，我们要多回来陪陪她。"

我突然很想哭。

不熟悉F君的人都觉得他很冷漠，寡言少语像块石头。

只有我知道他不是。

他很温柔，是我见过的最温柔的男人。

## 8

他的工作需要长期出差，又不放心我一个人在家，临走前我帮他收拾行李，他突然很孩子气地说："你跟我一起走吧。"

我说不要。

因为是早上的飞机，第二天我醒来他已经走了，我迷迷糊糊地起来喝水，看到他在冰箱上贴了张字条，走近一看，上书：不要给陌生人开门。

我一口水喷出来，给他打电话。

"你把我当三岁小孩儿了吗？"

"你是三岁小孩儿就好了，我去哪儿都把你带在身边。"

我很喜欢搜集明信片，所以他每去一个国家都给我寄一张明信片回来。

不久我就收到了好几张，但收信人分别为：王建国、李胜力、王自强。

我又给他打电话，他理直气壮地说："为了让邮递员知道家里有男人。"

然后过几天我在淘宝上买东西，快递给我打电话，开口就喊"申大勇"。

果然，这家伙把我收件人姓名也改了。

F同学，不知你是否考虑过，让别人以为家里经常出入不同的男人，情况更加危险好吗？

## 9

领证的前一晚我问他："你是什么时候开始喜欢我的？"

他答："不记得了。"

"可是，为什么是我呢？"

"为什么不是你呢？"

"我很小气，又爱吃醋。"

"我也是。"

"我怕自己不值得你喜欢。"

"我也是。"

"我没怎么谈过恋爱，不知道爱情是什么。"

"我也不知道。"

他温柔地握住我的手说："但我知道，一想到能和你共度余生，我就对余生充满期待。"

16岁时我们共用一张课桌，胳膊与胳膊相距不过十厘米，我的余光里全是他。

26岁时我在清晨醒来，侧头看到阳光落在他脸上，想与他就这样慢慢变老。

也许这就是爱情吧。

# 初恋未告白

/ 高小方 /

## 我的盆栽别人也有

宋小白从走廊回到教室,然后把手里那盆小小的多肉植物小心地放在桌子上。距离上课还有三分钟,宋小白用尽力气捶打着桌子,激动得像是被人告白了一样。

"又怎么了?"

"我告诉你哦!"宋小白抓住同桌的胳膊,不好意思地咬着唇,"帅惨了啊!"

"这个我知道啊,不就那个谁,离歌吗?"宋小白拼命点头,眼睛竟然因为过于开心而流出了眼泪。

"真的啊?他跟你告白了?对不对?"宋小白翻了个白眼,摇摇头,指一指多肉植物,"这可是他送给我的啊!"

"什么?"同桌看着面前这个疯狂的女生,顿了几秒就明白了。

后桌的头伸了过来,插到两个人之间:"哎,宋小白,你的怎么和我们的颜色不一样啊?"

"啊?"宋小白一副疑惑的表情。

"就是这个啊。"后桌指了指她桌子上的多肉植物。宋小白很同情这个东西,今天被人指了无数次。但是当她从后桌的一整句话中回过神来,就更同情自己了。

"就是这个啊,邻班的离歌过生日,给咱们楼层所有同学送植物,不愧是很有爱的男生,哈哈哈!"

宋小白愣了愣,整句话的关键词,是"所有同学"。好,只是自己想多了。

她微微地点了点头,企图埋下头,顺势埋下自己的尴尬与心中的褶皱。但是眼前,还是不断地、不断地浮现出那张,在金色的光线中,帅气清新的脸。

帅惨了。

尤其是把多肉植物递给自己的那一瞬间,头发被风吹成随意的形状,俯下身来的时候还可以看见他线条明朗的锁骨。干净利落而宽阔的肩线。

然后是骨节分明的手指,不小心和他的手指相碰时的温度。

再然后,就是转身挥手。

一切都记得这么清晰。可是到头来,还是停留在原点。和第一天守在邻班门外,并没有什么区别。

宋小白依旧是宋小白。依旧是"连续很多天在邻班的门外走来走去,偷看离歌希望制造偶遇,却一直在他的眼中成为透明"的宋小白。

离歌依旧是"举手投足都可以让自己想去死,但是每次眼神扫到自己,都一晃而过"的离歌。

一切都没变。还以为自己雷打不动的坚持终于感动了上帝,自己终于在他眼里特殊了一点儿。

"送个多肉植物,就算特殊?"

况且以现在的角度看,当时他也不过是捧着一盆植物,对自己说:"你还没有这个吧?拿去。"然后挥挥手算是说了再见。哦,还有一句:"还有,一定要放在阳光充沛的地方。"然后就拜拜了。

可能,其实根本对自己一点儿印象都没有吧。

宋小白小心翼翼地给离歌送的多肉植物浇了一点儿水。夜很深了,零落的星星散落在天幕上,每个之间都隔得好远,宋小白想,就像自己一样孤单。这时两颗星星却突然靠近了。

宋小白的眼睛亮了一亮。但是几分钟后,两点光亮又擦肩而过。不是星星,是卫星。是自己在骗自己,是自己,在痴心妄想。

尽管自己是在痴心妄想,但脑子里还是忍不住重复了一遍后座说的话:"宋小白,你的怎么和我们的颜色不一样啊?"当时脑子里只是循环出现着"所有同学"四个字,却忽略了这半句话。

现在想来。

算了,上午不就是因为自作多情才导致现在这么落寞吗?不要想了,把它照顾好就可以了。

夏天还没有完全过去,半夜的风很清爽。

深夜两点半。有一个叫宋小白的女孩,趴在阳台上,朝一小盆多肉植物笑着,不知不觉睡着了。

几个月前就开始了。其实这样的喜欢,是一直在心里生长着的。只不过一直没有生根发芽。直到——

直到几个月前,离歌在自己班级门口叫出了自己的名字。宋小白可以说是被吓了一跳,虽然以前不是很关注他,但也知道,他是邻班十分有名的大帅哥。

在指了指自己，问了几遍"我吗"之后，得到的回应是离歌几次的点头。

"哎呀！去呀去呀！干吗问那么多遍？让他点那么多次的头。"同桌的反应明显比自己激烈，像叫的是她一样。

全班女生的目光，瞬间就聚集到了自己的身上，走到离歌面前，他自然地递给自己一样东西，是自己的本子。一个很普通的、做练习用的备课本。封皮上的"宋小白"三个字确实像自己的笔迹，虽然字感觉写得很僵硬，倒是像男生写的。

最重要的是，自己从来没有往本子上写名字的习惯啊。脑袋一片空白，拿了本子就像木偶一样回来了。

"喊，原来是还本子啊，还以为有什么……爆料呢。"

"爆料你个大头鬼啊。"

"还本事件"其实已经是几个月前的事情了。大概高中生活实在是太闷了。被各种教辅材料折磨得惨不忍睹，所以，即使是这样莫须有的事情，也在女生中间疯传。

"听说，二班的离歌特意来看宋小白了！"

"听说，二班的离歌喜欢宋小白！"

"听说，二班的离歌和宋小白在一起了！"

这也太离谱了。这些谣言以假乱真，最后从同桌那里传回来，一想到在别人眼中，自己和离歌是情侣，居然让宋小白感觉有点儿幸福。

反正每天自己不动身，也会被一群女生推向二班门口。久而久之，竟然已经习惯了每天去二班门口看他。只不过，从"被逼的"变成了"主动"。现在，一旦有人找宋小白，全班女生就会异口同声："去二班门口！"

### 我的情侣衫,他也有一件

在问遍了整个楼层后,宋小白终于确定了一件事。自己的多肉植物,和其他人的,颜色不一样。其他人的都是绿色或蓝色,唯独自己的,是粉色。

但是,仅凭这一点,又能说明什么呢?曾经无数次,在深夜里、下课时,幻想过。幻想的内容是,离歌喜欢自己。

"又在出神啊!"同桌用圆珠笔捅了捅宋小白,"快看快看,你家离歌上台了!"

周围的人群闹哄哄的。如果不是同桌叫了宋小白一下,估计过几分钟宋小白就要睡着了。同以前的任何一场文艺会演一样无聊。

宋小白昏昏沉沉地问:"离歌表演的什么啊?"

"朗读朗读,朗读诗哎,还是自己写的诗哎。"同桌猛地摇晃她,"快看啊!诗的名字叫《初恋未告白》。"

宋小白眨了眨眼睛,差点儿惊呼出来。离歌今天穿的是一件红色的衣服,左半边有一个残缺的桃心。重要的是,自己也有一件相同的情侣衫的另一半。只是几乎没怎么穿过,只在学校穿过一次,还是在元旦的时候。

"果然,世界上巧合的事情就是这样多吧……"

在心里吐槽完,就听见男生有磁性的、介于男孩与男人之间的声音。舞台上的灯光很暗,显得他的身材更修长。

隐隐约约听见,念的诗有这样几句:

我一直在等待/等待/迟来的告白/粉色的是/没有告白的初恋/而我的花语/你不用猜/你我之间/所有的偶然/都是我蓄谋已久的爱

怎么会是这种诗?宋小白在下面跟着念诗。断断续续,时有时无。念着念着,却突然红了眼眶。我一直在等待,等待迟来的告白。

此刻，宋小白握着手机，紧张得如同一只饮水时受了惊的梅花鹿。在等待答案的时候，她听见了自己的心跳声，"扑通，扑通"。

"保佑啊——"一边抓耳挠腮一边扭动着身体，"啊——紧张死算了。"

蓦地想起今天离歌在台上念诗，念到一半，几乎有一半的人都转头看自己。

"哇，这种告白，真是牛啊！"

宋小白恨不得一巴掌拍死他们。因为处于她那个楼层的人都转过来看自己，看见这种境况，离歌竟然读着读着，笑场了。

怎么搞的啊？这样，就更加令那些观众肆无忌惮地脑补出了无数个故事。

"叮——"听见软件提示音，宋小白几乎可以说是紧张到了极点。她颤颤巍巍点开软件，看见的回答是——

这种植物我养过，叫"初恋"，现在用来告白好像挺流行的吧。

——怎么可能啊？

淡定，当她在百度里输入"多肉植物初恋"，并且看见和自己的植物品种一样的图片之后。当她在他的QQ空间里逛了一圈，发现了他新发表的日志的句首组合起来是"好喜欢宋小白"。那一刻，她几乎幸福地瘫在了地上，眼眶却莫名地有点儿湿润。

此刻，那首诗又响彻耳际。

我一直在等待，等待，迟来的告白，粉色的是……都是我蓄谋已久的爱。

我一直在等待，等待迟来的告白。你我之间，所有的偶然，都是我蓄谋已久的爱。

"那么……"那么，既然你不好意思开口。

我就不客气啦。

## 在一起

放学后,几个男生勾肩搭背地走在一起。

"离歌,说真的,你一个大男生,干吗总是要等她跟你表白啊?"

"你懂什么?"离歌眯起眼睛看着大片大片的夕阳余晖,"只有这样,她才会更加珍惜我,我们才会一直那个什么啊。"

"哟,还不好意思了。"一哥们儿把头伸过去一脸坏笑,"那个什么是什么?"

另一个哥们儿的头靠过来:"当然是——"

"在一起喽!"

# 幸运的是，
# 我喜欢你的时候你也喜欢我

/ 花青瓷 /

**1**

  大学开学的第一天，你安顿好自己的琐碎，跑来帮我拿行李。你走在我左前方，穿着鲜绿色的短袖上衣，一副桀骜不驯的样子。你总喜欢穿这么招摇而鲜艳的衣服，我总能在一片灰扑扑的人群中一下找到你，这让我一度有些骄傲。

  可是那天，你的左一个"老乡"右一个"老同学"，还是叫得我的心一寸寸沉下去，大概我们的关系，也就禁锢在这样的定位里了吧。而你那叫"浅"的姑娘，你一定不忍心称她故人吧。

  我忽然有些落寞，既然明知我们之间横亘着无法跨越的东西，为何还要追随你的脚步，不远万里来到这所异乡的大学呢？

**2**

  高中文理分班的第一天，我坐在文科火箭班靠窗的位置预习，选择文科并顺利进入特快班的男生寥寥无几，你却是万分之一。第一堂课过半，你才出现在教室门口，朝老师点头致歉，表情里却挂着一丝不以为意。你坐在我斜前方的位子上，然后转过身把那件鲜艳到夸张的黄色羽绒服挂在椅背上。你捕捉到了我来不及撤回的视线，然后坦率地咧开嘴，笑了。

此后的日子你再没有迟到，而我却每天都第一个进教室。你知道吗？我把最珍贵的休息时间放在了等待里，然后心不在焉地坐在座位上，等你在挂衣服或者挂书包的时候假装不经意地看向你，然后满足地收下你那个比你的衣服还明媚的笑。

你或许并没有放在心上，可是我的这份"蓄谋"真的整整维持了两年。这两年来，距离不到两米的我们有多少交集呢？除了你习惯性地回头、问好式的笑，除了我收作业时小心翼翼地拿走趴在课桌上睡觉的你胳膊下的本子，除了你历史课回答不上问题回头尴尬地求助，除了我一次次悄然把整理好的笔记放在你的桌上……还有什么呢？

我想不出来了。

我甚至想过，如果后来我没有好奇地试探你的相册密码，大概就不会看到那个姑娘的照片了吧；如果没看到你那句"我说浅姑娘，朝着你的方向努力真辛苦啊，不过还挺开心的"，大概安静克制的我有一天会勇敢地站在你面前吧。可是，假设终归是假设。

那个姑娘我并没有见过，穿随意的运动装，穿着一双素色的轮滑鞋，看着镜头的方向微笑，温婉又骄傲。

哦，难怪你视轮滑如生命，就连每个人都摩拳擦掌的高三，都拿出大把的时间用于在轮子上起舞。

那一晚，我坐在卧室的地面上，怀里抱着那双偷偷买来、偷偷练习，也偷偷摔了无数次的轮滑鞋，苦苦地笑了：原来爱着的人都一样啊，总想朝他的方向无限靠近。爱屋及乌，哪里是真的钟情于"乌"？只是爱"屋"太甚，丢掉了自己的喜好，以及自己。

## 3

我不知道高中岁月是如何走完的，也忘记了在得知你心有所属后，以何种心情面对你无数个回头时"顺路"的笑。但是我知道也记得，你停在我心里的感觉是什么样子的，就像眼睛里的沙和脚下的石，藏在我的身体里隐隐作痛，似乎没那么尖锐也不痛彻心扉，但就是让我无法忽略。

所以明知你那么遥远，我却还在垂死挣扎。

高考后，从未独立生活过的我放弃了家门口的重点高校，风尘仆仆，随你来到了我一无所知的远方。

我甚至不知道你是否为了你的她选择了这里，但我还是来了，带着明知断壁也昂首挺胸的一腔孤勇，还幻想着走到断壁前，或许会曲径通幽呢。

那份孤勇的余温，让我习惯性地在人群中寻找你，让我习惯性地把你写到我的日记里，甚至让我加入了轮滑社。

因为我知道，你一定会出现在那里。

## 4

大一就要接近尾声的时候，轮滑的"弧刹""蟹步""玛丽正蛇"我已经驾轻就熟了，但依然未见过你喜欢的那个人。我无从问起，也不敢问。

练轮滑，我像个天不怕地不怕的女汉子，可在感情中，我始终都是胆小鬼，所以宁愿纠结地暗恋着，也绝不想从你口中听到有关她的丝毫。

在一次几所高校联合举办的"66节"（轮滑节）上，我们一起完成了一套轮滑动作。下场休息时，你看着我发在空间的小诗轻笑："我就喜欢你这样会轮滑还会写诗的姑娘。"

即便掺杂着笑意，你的口吻依旧认真。呵，我多希望你喜欢我，而不是喜欢我这个样子这个类型的姑娘。

"哦，原来她也会写诗啊。"这是我第一次在你面前提及她，随后红着眼眶笑了。

她也会轮滑会写诗哦。可是她还是比我多了一点儿幸运，就是被你喜欢啊。可是她的诗，也是和我一样，字字句句都是写给你的吗？

"她？谁？"你收起手机，一脸惊诧地看着我。

"你的浅啊。"我调侃般地说。你知道吗？猜你的相册密码，用掉了我整整两天的自习课。

你神情复杂地眯了眯眼，皱眉的样子好丑啊，却曾无数次让我怦然心动。最后你忍不住"噗"地笑出了声，看着像丢了糖果一样马上哭出声的我说："你轮滑玩儿得这么好，竟然不知道轮滑大神苏非浅？"

我……

然后我真的哭了。

怎么也没有想到。

哦，对了，我轮滑为什么玩儿得这么好，你真的不知道？

## 5

那个暑假，返乡的火车站，我被来来往往的人流挤得昏天黑地，你依旧走在我的斜前方，拉着我们两个人的行李箱。时不时回过头看我，见我一副水草般摇摆的样子，不厚道地笑了，然后顺理成章地拉起了我的手。

我挣扎未遂。你回头,一本正经地说了几个字:"喜欢你,好久了。"

那一刻,火车站全部的嘈杂,都淡成了背景。

很久后的一天,我们依然一同乘火车奔波在学校和家之间。在候车室,你揽着我的肩:"姑娘,喜欢你好久了。你什么时候开始喜欢我的?"然后你咧开嘴笑了。

"谁喜欢你?"我傲娇地瞥了你一眼。看你一闪而过的失落,我的心跳竟然漏掉了一拍。我假装若有所思了一会儿,然后朝你傻笑:"其实……第一眼啊。"

你孩子般地坐直了身子,目光灼灼,像有星星在闪烁。最终却心口不一地嘟囔了一句:"巧言令色,鲜矣仁。"

我没说话,又想起那年那件黄色的羽绒服和那个寒冬出现却像长夏般明媚温暖的你。

# 盛夏的大雨淋不湿少年的天空

/ 陈小艾 /

**等雨来的少女**

如果问梁羽芊最喜欢哪个季节，她一定毫不犹豫地说是夏天。前一秒可能还是晴空万里，后一秒说不定就电闪雷鸣、大雨如注。

梁羽芊的爸妈在学校对面开了一家小吃店，生意非常红火。梁羽芊之所以喜欢夏天，是因为她注意到只有天气不好时林一川才会来店里买午饭。

梁羽芊在实验中学念高二，林一川是高三的学生，她从入学开始，便将炙热的目光投到林一川身上。只是因为平日里两个人没什么交集，梁羽芊没正儿八经跟林一川说过话。

林一川家离学校不远，一般中午他都回家吃饭，除非天气不好的时候他才会留下来。

在她无数次地暗自祈祷之后，那天中午临放学时天空忽然雷霆大作，没多久一场痛快的大雨便浇了下来。放学铃声一响，她便撑着那把嫩黄色的雨伞撒丫子往自家店里跑去。

当时店里还没有多少人,她不顾爸妈的诧异,将靠窗的座位留了出来。

林一川端着点好的饭菜四处环顾找座位的时候,梁羽芊起身朝他招手喊:"这边!"

他在落座后抬眼对着梁羽芊说了一声"谢谢"。

仅这一句,她觉得心底那头沉睡的大象好像醒来了。

**好像他身后被风带起的灰尘都在跳舞**

梁羽芊没奢望林一川会因此记住她。可是,当他们相遇,他眼神里却没有流露出一丝熟悉之感时,她还是听到了自己"噼里啪啦"心碎的声音。

那天早操结束后,正好遇上抱着篮球赶去上体育课的林一川。他只顾着往操场跑,丝毫没有注意到她,他抱着篮球继续往远处跑,她怔在原地看到他身后被风带起的灰尘好像在跳舞。

在那之后很长一段时间,林一川都没有再来店里,再一次见到他是在体育课上。当时他们两个班一起上体育课,梁羽芊全身上下没一点儿体育细胞,加上从心底排斥运动,所以800米测试她连着测了一学期都不及格。

体育老师拿着花名册皱着眉头说:"全班就梁羽芊不及格了,除了她,其他人都可以自由活动。"

当她围着操场在体育老师掐着秒表不断的"加油""提速""冲刺"声中跑完10圈后,梁羽芊两眼一黑栽倒在地上,而林一川就是在这个时候出现的。

中间发生了什么梁羽芊已经不记得了,只记得醒来时第一眼看到的就是林一川那一口明晃晃的大白牙,她好像又充满力量,对着老师要求重测一次。

只是很可惜,这一次梁羽芊依旧没合格。

就在梁羽芊懊恼时,身旁一个声音冒出来:"老师,给我一点儿时间,两周后我保证她能及格。"

### 曾以为遥不可及的人,降临到了她的生活里

林一川自告奋勇成了梁羽芊的陪练。她为他忽然降临到自己的生活里而喜不自禁。

那段时间,每天早上不到6点,梁羽芊就被林一川拽到了操场上,他陪着她绕着操场一圈圈跑,看着天渐渐变亮。那天她累得实在跑不动了,朝一旁的林一川喊:"我不想再练了,不及格就不及格吧,我想放弃了!"

"胆小鬼,都坚持了这么久为什么要放弃啊?再来。"

这时早读上课铃声响起,林一川跟她挥手告别。梁羽芊看他走入晨光里,觉得他周身好像都在闪着熠熠的光。

梁羽芊当然没有放弃,两周后的800米测试她不仅及格了,成绩还不错。林一川在终点处等着她,与她击掌相贺。

课后从操场回教学楼的路上,梁羽芊心里忽然有一点点失落,因为她知道,今后他们又该回到各自的生活里去了,而林一川高考在即,更是没有时间花到她这样一个不太熟的朋友身上。

想到这里,她清了清嗓子,喊住了林一川:"林学长,今天中午请你去我家吃午饭吧。"

林一川迟疑了一下,点了点头。

那天中午,梁羽芊甚至有一瞬间的失神,不久前她还觉得遥不可及的人,此刻居然坐在了对面,他们有说有笑地吃完了一顿午饭。

**多亏她又坚持了一下,才没有从他的世界里逃走**

高三很忙,忙到林一川一头扎进自己的生活里,梁羽芊就遍寻不着。

梁羽芊第一次捧着餐盒出现在高三(5)班教室门前时,她觉得自己的心脏都要跳出来了。有人走了出来,对方狐疑地打量着她。

她怯怯地说了句:"麻烦帮我叫一下林一川吧。"

"林一川,有人找!"对方朝教室里喊,尾音拉得很长。

等待林一川从教室里走出来的那段时间,她觉得像有一个世纪那么长。直到林一川出现在门口时,她才定了定神迎了上去,把餐盒举得很高,头深深地埋着,就像个犯了错的小孩儿:"林学长,这是给你的午饭,没有别的意思,就是觉得前段时间你陪我练跑步耽误不少学习的时间,来给你送午饭让你节约出时间好好复习。"

说完梁羽芊吐了吐舌头,这么一长串话居然没有卡壳。

林一川接过餐盒,笑着打趣她:"这一串背得挺溜啊,下了不少苦功夫吧?"她一下子就被他逗乐了,之前的拘谨和不安感全无。

**她忽然对接下来的人生信心满满**

得到林一川的默许后,梁羽芊主动承担起为他送午饭的重任。

在高三(5)班门口出现的次数多了,林一川的不少同学都认识她了。每次见她出现,班里同学都会提高嗓门喊他出来。

梁羽芊觉得她跟林一川之间那扇厚厚的门被推开了。他会将生活和学习中的苦闷跟她倾诉,在很多人眼里光彩夺目的林一川在她面前也是个会疲惫会无助的男生,她甘愿充当他的"树洞"。

那个6月,林一川顺利地走过了高考,考了一个不错的分数,足以进入北京那所人人艳羡的学府。梁羽芊觉得心里一直悬着的那块石头落了地。

7月份，各大高校的录取通知书从四面八方如雪花般飞来时，林一川作为优秀毕业生代表回学校给学弟学妹们讲授学习经验。

会场设在室外，进行到一半时，原本晴朗的天空忽然下起了大雨，大家收起座位四散着往教学楼跑去，梁羽芊就是这时凑到林一川身边的。

她举着那把嫩黄色的雨伞为他撑起了一方晴空。

"恭喜你啊。"她仰头望着他，抚了抚额前已经淋湿的发丝。

"谢谢，高三最后那段时间多亏你陪我。"

夏日的雨来得急去得也急，没多久天便放晴了。就像青春，一转眼便呼啸而过。

雨停后大家又忙着重新布置会场，林一川整整衣服走上主席台继续跟大家做报告。青春的不可思议在哪儿呢？比如勇敢地揣着一颗真心走入一个曾觉得遥不可及的人的生命里。

林一川讲完下台前，往她这个方向瞥了一眼，她朝他伸了个大拇指，她为与他之间有着这样的默契和小秘密而窃喜。

他没说喜欢，她亦没提爱，但她忽然对接下来的人生信心满满。

# 别笑,我真的不会追女生啊

/ 乔维里 /

我高一的时候是化学科代表。每星期二第二节课下课和星期四下午第一节课之前,我都会拎着一个木箱子,里面有各种烧杯,叮叮咣咣颠颠簸簸,从二楼的一头,小心翼翼地走到另一头。

中间要小心躲避疯跑的人,在走廊里拍球的人,用校服蒙住眼睛玩捉迷藏的人。

二楼有四个班级,我们班的教室在最里头,我总会注意到邻班的一个女生。因为每次我拎着一大箱子烧杯往教室方向走的时候,她总是跟我反向而行。

她冬天会在校服里穿一件白色的毛绒质地的小棉袄,夏天的时候,她总喜欢卷起一只腿的裤脚,穿黑色的匡威帆布鞋。

通常我们的路线会撞到一起,然后,我往左侧让,她也往左侧让,我往右侧让,她也往右侧让。

这个时候她总会笑着站定,然后说,你先走。

我点头，小声说着"谢谢"。

大概持续了半学期，我们互相注意，但彼此不认识。不知道姓名，不知道喜好。

然后我们迎来了高一的第一次郊游，去栖霞山。我记得那天特别累，老师一直鼓励说："爬到山顶啊，同学们！"

我在后面嘟囔着："我为什么要看长江啊？每次坐校车，我经常盯着长江的滔滔江水……"

然后我身旁有个人笑了。我转头，看到了邻班的那个女生。我有点儿尴尬。

女生说："我坐校车的时候都听歌睡觉，或者看小说。"

我说："啊啊啊，我都是玩 PSP（索尼掌上游戏机）。"

"那下次我坐你旁边看你玩吧？"我一愣，忙点头："行啊！"

那次秋游，我俩悄悄掉了队，我们都没有爬到山顶，傻兮兮地以长江为背景，以拥抱为姿势，摆了一个无比尴尬的笑脸，拍了一张照片。

此后，我会先在星期五晚上偷偷熬夜把 PSP 里的新游戏打一个通关，然后第二天上午坐校车的时候，用最帅气的通关方式，玩给身旁的女孩看。

她的确特别喜欢听歌，有时会把耳机分给我一个。

每次一起坐校车，有太阳的时候，她总喜欢让我把车窗帘拉起来但是留一丝缝隙，把照进来的一束阳光在手里把玩。雨天的时候，我们大都会戴着耳机盯着窗外发呆。

直到快要高一期末的时候，也恰巧快要到她的生日，某次坐在校车里，我问她，想要什么生日礼物？她笑着说："我化学有点儿差，生日礼物是，你帮我把化学变好。"

身为每天的"烧杯小当家",我拍拍胸脯说,包在我身上。

那个时候我真的以为爱情来了,我要为她准备一份特别又特别的生日礼物,而且已经想到了一个绝妙的点子。我回家问我妈要了一百块钱,怀揣着窃喜、暗爽、闷骚等各种小男生该有的激动的情绪,跑到大众书局,买了当时最新版的《王后雄学案化学分册》《五年高考三年模拟高一化学分册》等,各种分册……

然后星期一的早晨,我站在他们班级门口叫她,班里一阵"哎哟"的起哄声,她低着头走出来。我把一摞书推进她的怀里,说:"送给你!生日礼物!肯定让你愿望成真!"

从那以后,每个星期的校车上,我又一个人望着滔滔的长江水……

滚滚长江东逝水,她住长江尾。

## 永远欠青春一句告白

/ 陆鸡鸡 /

  毕业两年以后,在同学聚会上又见到了老林。一米八八的身高、白净的皮肤、黑框眼镜、淡淡的书卷气,给人的感觉还是那样简单亲切。在世界上所有的青春故事里,人是永远的主角。只要那些人都还在,青春就不会停止心跳。

  W坐在老林的对面,他们俩就像圆桌直径上的两个端点。她正说说笑笑,不时撩一撩头发,笑容还是那样浅浅的,仔细看,会发现里面藏着两个酒窝。我看着边上的老林,再望了望对面的W,想起了关于他们的故事,好像仍旧是那种未完成的状态。

  大一时,第一次到学校,和老林去教育超市买生活用品。结完账我站在冷冻柜边上,还想挑根冰棍吃。抬头问老林他想吃什么口味的,发现他站那儿一动不动,眼睛直直地注视着前面的一个女生。那个女生,自然就是W。她正在选酸奶。

  "喂!"我拍了拍老林,他才回过神来。我问他怎么了,他说没什么，感觉前面那个女生很漂亮。他说话时压低了声音，用食指扶了扶眼镜，眼神里透着笑意，脸很红，红得像刚吃过一斤辣椒酱。

我和老林都没想到，这个在超市里挑酸奶的女生，竟会是未来四年里的同班同学。

新生报到的那天晚上，所有班级同学在教室聚集。自我介绍环节，看到W出现在讲台上的那一刻，我愣了一下。这个世界太小，太不可思议。老林也发现了，坐我边上，笑呵呵地看着W发言，眼神里散发着光芒。那一天在教室里看见老林望着W的眼神，我才明白，那样的光是存在的。老林喜欢W，这是我和老林之间的秘密。

照理说，一个男生若是喜欢一个女生，必定会把最热烈的告白献给她。但老林似乎不属于那种人，他极度不善于表达。我常说，像他这样的人，会在爱情的沙场上一败涂地。老林却不那样认为，他把爱情看作不可侵犯的艺术品。在他的观念里，真正的爱情，只可远观，不可赏玩。

每当我鼓励他去为此做点儿什么，他总会义正词严地拒绝，然后继续陶醉在他对W的无限幻想中。

一次寝室卧谈会时，同寝的几个人在一块儿讨论班里哪个女生漂亮。有人提到了W，说她长得一般，气质也一般。这似乎触到了老林的某根痛觉神经，他一下子从床上弹起来。

"我觉得W很好看啊！"老林平时在寝室里不太说话，深更半夜忽然来了这么一句，而且声音很响，让几个舍友有点儿措手不及。就像他自己说的那样，W是他心里不可侵犯的艺术品，他需要小心翼翼地守护着，就像守护着一尊爱神的雕像。

正当寝室里的气氛变得尴尬之时，楼下突然有一群男生在高声表白，方向自然是朝着对面的女生宿舍。寝室里的几个人立马下床,飞奔到阳台看热闹,一个个脖子伸得比鸭脖子还长。只见楼下一男生手捧着玫瑰花,周围站着几个壮胆的同伴,他们还用蜡烛在地上围成了一个爱心。那男生深吸一口气,高喊着对面女生寝室里某个女生的名字,尾音拖得很长。

校园是寂静的,这寂静让此地的每一段对白都显得掷地有声。楼下的青年手捧花朵,热泪盈眶,路灯打在他身上,倒有了几分舞台剧的味道。其他人还挤在阳台上看,老林已经悄无声息地回到了床上。别人或许尚未察觉,但我知道老林在想什么。

你永远无法说服他执行一次告白,就像你永远无法教会鱼群走路。楼下的欢腾,可能令他陷入某种不自在的境地。现在细细想来,四年的大学时间,老林有无数次对W告白的机会。

大二快要结束了,整个班级出来聚会。在KTV(配有卡拉OK和电视设备的包间)里玩真心话大冒险,之后玩嗨了,老林抽到一个对他来说最尴尬的惩罚项目:和身边最近的一位女生隔着纸牌亲一下。

正好W坐在老林的邻座,是最近的那个。这时,整个班级的八卦天赋都被激发出来了,一个个瞬间变身狂热的群众,高喊着"来一个"的口号。老林有点儿不知所措,坐在位子上沉默了很久。大概也只有我理解他,让他在大家面前做那样的举动,是不可能的。

1秒、2秒、3秒过去了,他们还是什么都没有做。很多人以为好戏即将上演,可让众人没想到的是,老林把那张红桃A塞到W手上后,便离开了。他自己打车回了学校。

就这样,四年时间里,老林和W的交集并不多,但又让人感觉平淡中,有着联结,与若有若无的美感。每一次交集的产生,都让人倍感无限希望。可碍于老林的性格,每一次希望都避免不了坠落。

聚会结束,同学们陆陆续续散了。我和老林一起走出酒店,身后是W还有她的朋友。

酒店门口,刮来几缕春风,仅有几盏零星的路灯点亮着马路。可能是喝了点儿酒的缘故,老林的脸红了。这时,W从我们身边经过,并示以微笑。

"你一个人回家吗?"老林忽然问W。

不知道是不是酒壮人胆,我真没想到老林这天会如此果断出击。照理说,两年不见,原本心里那点儿情愫应该被时间淘得一点儿不剩了。

"嗯。"W点了点头。很长时间没见,她依旧温婉如初。

老林指了指前面:"我也往这个方向走,我送你吧。"他说完示意让我先走,我自然很识相地答应。

老林和W就这样,在路边走着,很慢很慢地走着。也许就是这么一段并肩行走,他等了很久。想到这里,我鼻子都有点儿酸了。

有人拍了拍我的肩膀,竟然是老林。"喂,你觉得爱情是什么?"老林突然问我。

"我只知道,憋在心里的那不叫爱。"

"是想触碰却又缩回的手。"说出这句话时,老林的眼里再次透出光芒。

"可那只手如果真的缩回去了,连一点儿实现爱情的可能性都没有了。"我反驳道。

老林沉默不语。我接着说:"你以为别人玩浪漫的都是华而不实,只有你对爱情的想法最为高洁与神圣!拜托,这又不是过去那种不轻易说爱的年代,别忘了我们还是年轻人。你瞧不起那种盛大的告白,所以你终究只能躲在被窝里,成为一个陶醉于单相思的人!你欠青春一句告白你知道吗?"

"刚才发生什么了?"

"我告诉她了,我说'我喜欢你'。"

"你终于说了?然后呢?"

"然后她就再没说话,面无表情地告诉我,让我不必再送了,所以我才回来追上你的。"

"你笨呀,你该死缠烂打。脸皮这么薄,怎么追女生?"

"我想我还是不烦她了……"老林看了我一眼,假装没有那么失望的样子。我也不知道该说什么,只是陪他一起走着,才发觉晚上还是挺冷的。

忽然,老林的手机振动了,他掏出来一看,是W的短信。只有一行字。可这一行字,几乎有着和阳光同等的温度,它让整个世界瞬间明媚。老林拿着手机,笑了起来。

我凑过去一看,上面写着:笨蛋!喜欢就早点儿说啊!

我觉得,不只是老林,很多在中国式教育下的青年,都永远欠青春一句告白。他们把青春当成敌人,忍辱负重,卧薪尝胆,好像一切关于爱情的事都是不可触碰之物。他们不敢搂搂抱抱,不敢谈情说爱,他们有坚硬的外壳,却没有柔软的天分。

原来,像诗人那样,旁若无人地告白,是一件很重要的事情。

# 每一次叫你，
# 都是一句"我爱你"

/ 大牙秦 /

## 1

在某种程度上，胖虎是我青梅竹马中的"竹马"。

他胆子是出了名的大，7岁就在后屋打死一条蛇，12岁收服我们那里最凶的一条狗。再长大一些，他是最会跟老师叫板的熊孩子，也不怕他妈拿着棍子打。

小茶长得好看，唱歌又好听，男生喜欢她，女生喜欢她，老师喜欢她，就连屁大点儿的小孩子都会站在她面前送她一朵花。她也喜欢大家，一视同仁地喜欢，没有接受过任何一个男生下课去操场坐坐的邀请，也没有婉拒任何一个女生晚上陪着谈心的请求。

我们高中纪律并不严明，傍晚常常能看到一对对情侣坐在草坪上看星星，哪怕夜里乌漆墨黑的，没有一丁点儿光亮，他们也会看星星。

我跟小茶一起走，我抬头，没看到星星，便戳戳小茶问："你能看到星星吗?"小茶抿着嘴笑:"星星是在情人眼睛里的。"我听不懂,就傻笑。胖虎跟在我们后面,慢悠悠地跑上前,很狗腿地说:"是啊是啊,真好笑。"他一笑,脸上的肥肉就直摇晃,小茶抿着嘴夸他:"胖虎,你真可爱。"

胖虎对人很实诚。他觉得市中心一家酸辣粉是人间美味,便常常翻墙外出,从市中心巴巴地买回来,带给小茶吃。还好,小茶确实喜欢吃,但她胃不怎么好,连续吃了三天,便进了医院。胖虎难过得要命,拎着水果去看小茶,竟然背过身一个人偷偷抹眼泪。小茶眼睛笑得弯弯的,温柔地骂他:"你这个傻瓜。"

小茶偷偷告诉过我,长这么大,有很多人说过喜欢她,可真正让她觉得对自己好的人,只有胖虎一个。"可是,他太胖,又不帅。"小茶说到这里的时候,眼睛笑得更弯了。

高三,小茶谈了恋爱,跟一个又瘦又帅的学霸。大家都说他们简直是神仙眷侣。那一年的胖虎很忧伤,长出了憔悴的胡楂,冒出了焦灼的痘痘,但还是那么胖,还是一点儿都不帅。

小茶和帅学霸在操场上看星星的时候,被教导主任逮到。帅学霸把一切责任都推到小茶身上:"是她约我的。老师,不要请家长,我以后不会再和这位同学见面了……"一向和善又温柔的小茶忽然"嗷"的一声扑上去,抓破了帅学霸的脸。小茶被留校察看。在那之后,小茶便不再开朗。

全世界只有胖虎能逗小茶短暂地笑一笑,他每次下课就到小茶面前蹭来蹭去,做各种表情,有时候,只是冲小茶挑挑他的半截眉毛,小茶就"扑哧"笑出来。小茶还是会夸他:"胖虎,你真可爱。"

后来,胖虎撞见小茶一个人在抹眼泪,便到了帅学霸的桌前,拎起他的衣领,去了操场。胖虎用肚皮都能将帅学霸给弹倒,结果可想而知，帅学霸原本被小茶抓破的脸还没好，又挂上了第二彩，分外鲜艳。胖虎也被留校察看。听到处分后，小茶看着胖虎叹气："你真傻。"好像她评论胖虎永远都只会用这几个形容词：傻，可爱，傻得可爱。

## 2

高考后，我念了一所不错的学校。小茶和胖虎一起去了一所专科学校。他们经常和我联系，因此，我能一手掌握两个人的信息。就好比，刚开学，小茶就被一个学长看上，对她迅速采取攻势。可小茶不喜欢那个学长，便常常拉胖虎出来做挡箭牌，胖虎就故意摆出一副凶巴巴的模样，说自己是小茶的男朋友。可学长不肯放弃，小茶没办法，就由着学长去了。

上大学后，小茶和胖虎一直特别好，两个人常常一起做兼职发传单。小茶的传单发得快，要帮胖虎发，他怎么都不肯，非要买了冰激凌给她，要她坐在阴凉处歇息。他们赚了钱，便一起旅游，胖虎总是背很多行李，只给小茶一个轻便的小包。晚上，他们一起坐在学校的长椅上，说说之前的故事，说说以后的梦想。但谁都没有说过在一起。

我很着急，对胖虎说："你快告白吧。"那么勇敢的胖虎竟然破天荒地怯了，他吞吞吐吐地说："我……我不敢。"我又去问小茶："你喜欢胖虎吗？"过了大半天，小茶才回我："他在我身边，我很开心，觉得这个乏味的世界也是有趣的。他很傻，也很可爱。"

我急得七窍生烟，当事人却依旧我行我素，怎么都不肯多向对方迈出一步。

大二的时候，小茶又犯了胃病，在医院里挂了一周的水。我趁着国庆小长假去看望她,推开病房的门,小茶睡着了,惨白的病房,被胖虎用很多鲜艳的花朵装饰得很美丽。小茶睡着的时候紧紧抓着他的手,他看向我,笑了笑。

小茶睁开眼睛的时候,吓坏了我们两个,生怕我们讨论的各种剧本的告白被小茶听到了。谁知道,小茶却眨巴眨巴眼睛,满脸无辜地看着我说:"你什么时候来的?"我这才放下心来,对胖虎使了使眼色。

四天后,小茶出院,活蹦乱跳地在前面走得飞快。我和胖虎在后面拖拖沓沓地跟着。我戳他,他装作没感觉的样子。我一巴掌扇在他背上,他终于迟缓地转过头,一脸羞涩地说:"我真不知道该怎么告白啊。"我恨铁不成钢:"叫她名字啊,然后说你爱她。"

我为他鼓劲加油,他终于叫出小茶的名字,小茶回过头来,笑容明晃晃的,问:"干吗啊?"胖虎挠挠头说:"没事,我就叫叫你。"小茶笑嘻嘻地喊:"傻瓜。"没过多久,胖虎又叫了小茶的名字。小茶又回过头,笑弯了眼睛,问:"干吗?""没事,就叫叫你。"

那一路,胖虎不知疲倦地叫了上百声的名字,像是一个神经病,可小茶每一次回头都是眼带笑意。后来,胖虎对我讲,其实他每叫一声小茶的名字,就默默在心里说了一声"我爱你"。

## 3

大二下学期的时候,眼看着胖虎浪费了一个又一个机会,我又开始着急起来,联系小茶,准备帮胖虎一把。

谁知道小茶却伤感地问我:"你说胖虎,是真喜欢我吗?他对我好,我们都看得到,可是他一直不说,我的心就一直悬着。那天在医院,我听到你在小声帮他策划,我闭着眼睛想象每一个场景,在那以后的每一天,我都在等他开口。"

　　我安慰了小茶一会儿,便又去收拾胖虎,还故意吓他,说他再不告白,小茶就准备接受学长的追求。那天的胖虎伤心透了,因为我弄巧成拙,害得他以为小茶喜欢上了学长。

　　5月20日,适合告白,适合求原谅。学长又坚持不懈地在楼下摆了心形蜡烛,捧了大束的玫瑰花,胖虎站在人群之外,看到了小茶接过玫瑰花。之后,学长便离开了。

　　小茶叫住失魂落魄的胖虎。"胖虎。""嗯。""胖虎。""嗯。""胖虎。""有什么事?""你什么时候跟我告白啊?花都给你准备好了,蜡烛也在这里。"胖虎愣住了,大家都愣住了。后来,胖虎反应过来,上前几步,抱住小茶,紧紧的。胖虎低沉着嗓音说:"我对你说过无数次'我爱你'了,每一次叫你的名字,我都会停顿,然后说一声,我爱你。"

　　他从没有对她说过一声"喜欢"。两个人的爱情,怎么能让一个人先开始呢?

　　出院的那个黄昏,他一遍遍叫小茶的名字,然后在心里说"我爱你"。她一遍遍回头问"干吗",在心里说"我愿意"。他和她早就在一起,只差一句简单的告白而已。

## 任何为人称道的美丽，
## 都不及第一次遇见的你

/ 浅步调 /

高一那年暑假，妈妈把我送到了补习学校，让我狂补数学。在补课不被允许的当时，补习班将近一百个同学像做贼一样，被老师带进了小区负一层见不得人的地下室。地下室只有一扇窗，我们就像留守儿童一样，窝在半地下室里，睡觉、吃饭、补习功课。

我就是在那时候遇见陈东兴的。我坐在第二排，陈东兴，就坐在我的正前方。他长得太好看了，英气的眉眼，高瘦的身形，任谁都没办法对他视而不见。第一次见面，我少女般澎湃的内心和"扑通扑通"的心跳，只能用不自在咬紧的嘴唇和快速走过来加以掩饰。然而乐极生悲，因为辅导班人太多，座位安排太挤，我在走过陈东兴身边时，衣服挂住了他的桌角，我只能无助地望着回过头来的陈东兴，红着脸傻了眼。陈东兴就半侧着头，看着我，微笑着说："没事儿，别紧张。"

喜欢上一个男孩子，并不需要太具体的理由。在那个夏天，因为陈东兴坐在我的前排，数学课第一次变得不令人讨厌，因为陈东兴数学也不好呀。而见不得光的地下室，也因为夏季外面阳光太过炙热，阴凉得让人感激涕零。后来，我时常望着他新剪的青涩整齐的发根出神，却从来不敢试图去帮他拿走他白衬衣上掉落的一根头发。也会在意他盯着手机认真回复别人消息的样子，却不敢去拍他的肩膀，问一下他的联系方式。那个夏天，前后座位的距离，触手可及，在我这里，却仿佛是一堵不透明的墙，只有我看得到他，他永远看不到我。

有一次，他突然回头，睁着大眼睛问我："嗨，这节课要讲哪张试卷？"我木然三秒，然后紧张地翻箱倒柜，忙活半天，却找不到他问题的答案。我紧张地带着颤抖的尾音，焦急地边找边自言自语——"明明刚刚还在这儿的。""试卷去哪里了？"看着这一切发生，陈东兴突然伸手，轻轻地拍了拍我的头，然后笑着说："没事，你别紧张。"

就这简单一个动作和六个字，我的心脏跳脱了整整一分钟。往后的日子里，这成了一个卡碟自动无限倒带的画面。它会在每一个做不出正确答案的数学课想起，会在遇见每个背影像他的人的时候想起，会在每个努力被辜负、每个付出被忽略的时刻想起。

想起他拍着我的头说："没事，你别紧张。"

没事，你别紧张。那个少年看穿了你，但是他用最绅士的方式，回应了你。这是少年心事的恩赐，我庆幸在曾经最细腻最玻璃心的年纪，遇见和喜欢的是这样一个男孩。往后的日子，遇见喜欢的人，还是会像个小女孩一样紧张，还是会百般掩饰，却总难免会露出马脚。可是，再也不怕表露自己。因为他说过"没事，你别紧张"。

那天看了日本小清新电影《海街日记》。电影里，长泽雅美扮演的漂亮姐姐问她的妹妹:"你有喜欢的人了吗?"妹妹说:"还没有呢。"长泽雅美说:"那快点儿找一个啊,你的世界就会变得不一样哦。"

妹妹问:"会变成什么样啊?"

她回答说:"就连无聊透顶的工作也能够忍受。"

希望你也能找到一个喜欢的人。

喜欢到连所有无聊透顶的工作,连无休止的学习,连孤单漫长到无边无际的人生,都能够忍受。

任何为人称道的美丽,都不及第一次遇见的你。浮游于这个世界产生的热能,都比不过喜欢你的热忱,爱无所不能。

# 就算世界荒芜，
# 我愿做你永远的信徒

/余言/

从小到大，我特别羡慕这样一些人。他们人缘极好，交游广阔，永远是人群中的焦点，无论要做什么都一呼百应。

小学的时候，我的身边也有一个这样的人。他叫老豹，那个时候，大家都很愿意和老豹做朋友。放学一群人跟着他一起走，浩浩荡荡一大拨非常拉风，疯够了就写作业。由于一起到老豹家写作业的人太多，他们家的书桌趴不了那么多人，我们就去集市上，白天那里露天的长条石台用来卖菜，夜里我们齐刷刷地趴一排，就着路灯的灯光在那里写作业。

男生心中大哥般的人是老豹，男生心中女神般的人是萍萍。

那是一个夏夜，我们一群人仍然趴在路灯下写作业。忽然，大家你戳我、我戳他地提醒还在埋头写作业的人抬头。

只见萍萍从街道上走过，大概是上街买东西，平时扎起来的头发，由于刚刚洗完澡披散在肩头，穿着白色的棉布裙，夜晚的凉风吹来，裙摆随风摆动，打在光洁的小腿上，橘黄色的路灯下，她看起来散发着暖暖的光芒。我们一起停下了笔，看着她从我们身前经过，她也注意到了我们这群男生，她冲我们微微一笑算是打招呼，那笑容如清风徐来，带走了夏夜的燥热，我们目送着她的背影远去，仿佛心神都被她带走了。

"我喜欢她，我要娶她做老婆。"老豹咬着铅笔，铿锵有力的声音打破了安静。

我们谁也不相信这句话，才多大人啊，一群小学生哪里知道什么喜欢和不喜欢。

后来，上了初中，青春期的少男少女，情窦初开，开始明白喜欢和不喜欢。

我们也都看出来了，老豹喜欢萍萍，我们常常玩的恶作剧是和老豹一起经过萍萍的座位时，突然把老豹向她推，老豹讪笑着道歉然后追打我们，萍萍则是一脸气急败坏。教室里鸡飞狗跳，直到上课铃声响起才会恢复安静。想起来，那还真是少年时代一段无忧无虑的快乐时光。

但是，初二那年，老豹的妈妈因为和他爸爸发生口角，服农药自杀了。老豹无法原谅爸爸。

他辍学出去打工去了。

我和萍萍考入了同一所高中。

喜欢她追她的男生不少，但是她总是冷冷地回应。渐渐地，大家都退却了，只有一个男生小A，坚持得最久，高中整整三年，他都是坚定的追求者，以至于大家都以为他们在一起了。

高考前夕，老豹忽然来到我们学校。他终于鼓起勇气，再次出现在萍萍的面前。来之前他给自己打了无数的气，要勇敢地向她告白。然而见到她之后，他笑着说："我来找余言玩，这么巧居然碰到了你。"

那么多汹涌的情绪，竟克制成云淡风轻的问好。

在教学楼的天台上，只有我和他两个人，他看向远方，仰起头叹了一口气："希望她高考可以成功，可以念自己想上的大学。如果高考落榜，她不再读书，我一定会向她告白。但是啊，她考上大学，也就会离我越来越远啊。"他说那句话的时候，满脸悲伤。

萍萍考上了大学，小A和她考入了同一所学校。老豹闻讯之后，立刻辞去了打拼多年得来的工作，义无反顾地去了她就读的城市打工。

没有文凭，又想工作离大学近，辗转两个月，老豹终于找到了一份工作，成为一个车床学徒。车床是一项危险的工作，机器开动时刀头旋转，铁屑飞溅，火光四射，小作坊里防护措施不到位，偶有事故发生。

老豹也不挑剔，踏踏实实地留下来工作。只因为这里离学校近。当他想去看萍萍的时候，就可以进去看一看。而萍萍终于被那个高中一直追她的男生所感动，两个人在一起了。

学徒的工资很少，老豹每天省吃俭用，每到周末，就脱去一身油污的工服，换上一身干净的衣服，有时候买点儿水果，有时候是一箱牛奶，有时候是请她吃一顿饭。

萍萍客气地表示拒绝。

老豹说："大家都是老乡都在外地，相互走动关照下也是应该的啊，再说，我已经上班了有收入，你还是个穷学生。"

次数多了，小A见到老豹也生出了警戒心理，将萍萍拉到一旁不耐烦地问："这人谁啊？"

萍萍解释："我的小学同学和老乡，一个村的，刚好在这边打工，所以经常来看看我。"

男生"哦"了一声，如释重负，接过萍萍递过去的水果冲到网吧打游戏去了。

他每天大手大脚吃喝玩乐，花钱极快，自己的钱花完了花萍萍的钱，萍萍在那里发愁着明天的早餐，他却满不在乎地说："你不刚好有个老乡吗？他都上班了，肯定有钱，找他借点儿呗。"

萍萍纠结了半天，打了一个电话给他，一个小时后，老豹出现在她的面前。

老豹拿了一千块钱给她，叮嘱她有需要再找他，然后匆匆地走了。

小A打游戏买装备，在游戏世界中一身神装，纵横无敌，但在现实世界中他再一次成了一个连吃饭钱都没有的人，萍萍和小A吵也吵了，但是吵完之后依然要想办法解决钱的问题，总不能不吃饭吧。

小A催促她找老豹借钱，萍萍犹豫了很久，始终开不了口。小A却是毫不客气地拿萍萍的电话打过去："萍萍现在没钱了，想先找你借点儿钱用下。"

电话另一端的老豹立刻说"好"。这一次，他说自己忙，没时间亲自送，托了一位同事替他把钱送给了萍萍。

钱花得飞快，萍萍只好找份兼职做。那一天，萍萍在学校附近的肯德基值夜班，下班的时候已经是半夜了，大雨倾盆，她打电话给小A，请他带伞来接她一下。他听了她的话之后却不耐烦地说："不过下个雨而已啦，我这边在打团战正要紧的时刻没法去接你，你找同事借把伞，或者等雨小的时候再回来啊。"

萍萍站在门口，看着雨幕，心也一寸寸地凉了下来。

她枯坐到天明，终于发了一条短信给小A，只有两个字：分手。那一刻，她觉得如释重负。

领到工资的第一个月,萍萍拿着手上不多的钱,决定先还一部分给老豹,借了那么久多少也应该还一些,不然心里过意不去。

也就是在那时,她才突然意识到,老豹好久没有来看过她了。更意识到每次都是他来看她,而她从来没有去看过他。

凭着他曾经说过的上班的地点,终于在一个看起来像是废弃的厂房里找到了他。

老豹穿着蓝色的工服,身上和脸上满是油污,正在操作机床,他的大拇指上缠着醒目的白色绷带。

她忽然明白了老豹的用心,他每次穿得干干净净地见她就是不想让她看到他这样的一面,她不想让他难堪,所以默默地退了出来。

在门口碰到了那个送钱给她的同事,萍萍向他打听老豹的手是不是受伤了。

从他的口中,她知道了事情的始末:因为她需要用钱,老豹想要加班多挣点儿钱,结果没休息好,操作机床的时候有些疲惫,然后就被刀头削去了半截大拇指。

萍萍哭得稀里哗啦。

老豹是我见过的为爱最坚持的人,所以理应得到一个圆满的结局。

大学毕业之后,他已经是一个车床技工了,他亲自用车床做了一枚戒指向她求婚。他承诺给她幸福的生活,并发誓和她在一起以后,绝不会和她吵架。少年时妈妈和爸爸吵架之后一气之下自杀的阴影在他的心头是永远的痛。

萍萍眼含热泪答应了。老豹终于实现了在小学时许下的誓言。

再后来呢,老豹已经是一个工厂老板,厂里好几台车床。如今他们已经有了两个孩子,生活幸福而美满。在一起多年,两个人连一场架都没有吵过。

　　这似乎是个平淡的故事,但其实每对能够走到一起的人,都付出了坚持与等待,感谢曾经为爱付出和坚持的岁月,才收获了最初的誓言。

# 我就知道你喜欢我

/ 王乔赤松子 /

5月的重庆,气温持续飙升。对于即将大四的亦乔来说,这个夏天有点儿难挨。

就在刚刚,亦乔打电话拒绝了盼望已久的实习机会,她压根儿没敢告诉老师,拒绝的原因只是学校一年一度的五四表彰大会邀请她去做主持人,所以不能按时去北京的实习公司报到。

放下电话那一秒就后悔了,可谁让她从来就不是个安分的主儿呢,大学里一半时间都花在大大小小的比赛、晚会和各种活动上。"也许是时候找个男朋友了?"亦乔被自己冒出的这句话吓了一跳。

"不好,要迟到了!发什么神经……"5点有彩排,眼看时间不早,亦乔抓起包奔向校车站。彩排在老校区的大礼堂,走在林荫道上,亦乔深吸一口阳光和树叶的味道,心情瞬间大好,关于实习的不愉快忘了个干净。

礼堂的门开着，灯火通明，可容纳500人的会场大气恢宏，红色沙发座椅鲜艳庄重，沿着阶梯上的地毯一步步往下走，亦乔忽然觉得自己仿佛一位新娘，不自觉地配合着脑海中的《婚礼进行曲》，一路嘚瑟来到台前。

"嘿，好久不见啊！"亦乔猛地拍了一下男主持，也是她的好哥们儿，要不是给他面子，姐姐我才不来呢。看到对方被吓到的狰狞表情，正要笑出声，只听背后一句："你就是亦乔啊？""对啊！"亦乔心想，哪有人这么问的，一贯的傲娇范儿正要起势，一转脸，时间定格了：这张脸长得可真好看啊。眉毛特别浓，浓得人心里好踏实。鼻子又高又挺，眼睛不大不小，眼神干净、温柔，是在对我笑吗？眼珠里的我好像很蠢，我不能再盯着看了。可是等等，睫毛好——长——啊！怎么可以那么长？比我的都长。还有还有，唇形标准，唇色红润，这嘴巴说出来的话谁不想听呢，难怪刚刚叫我名字时那么动听。亦乔一脸花痴，不忘在心里给这张脸下总结：俊朗中带着秀气，儒雅中透着挡都挡不住的男人味，标致！实在是标致！

"啊，不好意思，我叫许子新，负责这次颁奖晚会的幕后工作。因为刚才正好聊到你，所以才这么问，你不会被吓到了吧？哈哈哈哈哈哈。"糟糕，笑起来更好看，亦乔想到了宿舍窗外树叶上的大片光晕，热烈、灿烂，晃得人睁不开眼。"完蛋了，原来我喜欢这一款。"

"没事儿，吓到我没那么容易！"犯完花痴，亦乔迅速用理智开始掩饰。故作轻松有一搭没一搭地聊了几句，开始了正式的彩排。

一切顺利，回到宿舍，亦乔马不停蹄打开电脑找实习。"放弃了北京也没那么悲观嘛，好歹今天还捡了个帅哥，能被我亦乔看上的小伙子，他得多荣幸呢。"正跷着脚自我陶醉，右下角的QQ一闪一闪,是我,许子新。亦乔乐了,矜持了一分钟还是点了"同意",然后盯着电脑屏幕等啊等啊,等到困了对方也没说句话。关灯,睡觉!"你今儿是不是不舒服啊?睡这么早!"室友Lu Lu一脸吃惊,亦乔可是从没在11点前爬上床过。"从今往后,我都这么早睡,美容觉!"

第二天的主持很成功。结束后有个聚餐,亦乔一向不喜欢这种场合,借口不舒服提前走了。夏天晚上的老校区很值得一逛,一出校门就能闻到一种独属于重庆的江湖气,灯光,嘈杂的人声,啤酒杯相撞的声音,烟雾缭绕的烧烤摊,每一样都令人着迷。经过临江的一座天桥,看着江面上的点点灯光,亦乔站定了感受着夏日的晚风,不舍的情绪开始往外涌。"亦乔?""嗯?"一回头,许子新露出八颗牙:"果然是你,你不是不舒服吗?""你怎么总喜欢在背后喊人,是觉得一回头看到你会有惊艳的感觉吗?"许子新大笑,说:"你果然喜欢损人,看来没有那么不舒服。"哼,我舒不舒服关你什么事?亦乔挤出一丝笑容敷衍:"还好,只是有点儿饿。""没吃饭?我带你去吃牛排啊。""好啊。"让你加了我QQ不说话,今天大胃王我吃哭你!亦乔一副坚定脸,怀抱着一枚吃货的使命感昂着头跟在许子新旁边。

"你干吗这么紧张?吃饭而已,坐那么直干吗?放松点儿。""谁紧张了?我从小吃饭就这样,我妈说女孩子吃饭也得有个样子。"亦乔的脸"唰"一下红了。许子新盯着她,笑笑不说话,只是往她盘子里不断夹肉。

许子新开始讲他的感情经历,讲他的初恋,讲分手之后受过的伤有多深。跟我讲这些干吗?亦乔只觉得牛排好吃,没有过恋爱经历的她哪里晓得失恋的痛苦。不过看一个大男孩如此絮絮叨叨,也有点儿心疼:"你听我说,我们都会长大。你要相信,每一段爱情都是真实存在过的。只不过后来可能变味了,你不要去恨,不论是对方还是你自己。要学会接受,要学会感谢。还有,要学会拥抱新生活!"亦乔心里发虚,她这个纯理论家也只是会喊喊口号而已,要不是害怕失恋,怎么会到现在都一直单身?不过看着眼前这个男生,她有点儿惊讶自己居然不反感,往常可是最讨厌拿初恋说事儿的男生了,果然吃别人的嘴软啊。

"好,为拥抱新生活而干杯!"后来的聊天,亦乔自然了很多,食物果然能给予她很多力量。虽然事实上,她也基本只负责吃,时不时回复许子新几句。

半个月眨眼过去,实习的压力越来越大,老师推荐她去重庆电视台。这一次,亦乔赶忙屁颠屁颠前去报到。是一个日播栏目,每天都有新内容,许子新偶尔会问一问她的近况。但随着工作越来越忙,亦乔的回复渐渐失去了耐心。某一日加班回到家已是深夜,看到留言:最近忙吗?周末要不要一起吃饭?亦乔忽然觉得很累,想了一会儿敲过去一句:你喜欢我吗?问出去之后,没等对方回复,她把QQ删了。"这么害怕知道答案吗?一直都是这么不勇敢。谁先问出口谁就输了。"亦乔叹了口气。

某日加班过后,大家例行去烧烤摊。"烤鱼真是太好吃了,以后就吃不到了。"亦乔难改吃货本性,一不小心吃到一大口花椒,麻得眼泪直流,正在这时,手机响了。"喂喂喂!谁啊?"亦乔一边吸溜着舌头,拿起手机就问。"……"没人说话。看了一眼手机号码,亦乔也沉默了,是许子新。两个人就这样沉默着,周围很吵,亦乔却觉得仿佛听得见自己的心跳声。"我爱你!"他好像喝多了。"来来来,干杯干杯!亦乔,说你呢,跟大家干一个!"亦乔举着酒杯,压下心头的复杂情绪,小声对着电话问了一遍:"你说什么？""我说我爱你，亦乔！"亦乔忽然很想哭，为什么一定要喝醉酒说呢？喝醉酒说算什么本事啊？"你在哪儿？我过来接你。"亦乔没顾同事一脸错愕，打车赶回老校区。

毕业聚餐，许子新醉得一塌糊涂，亦乔在大家的起哄声中红着脸架走了这位一米八大个儿的醉汉。"你到底喝了多少瓶？我现在带你回宿舍。""我不回去，你不能进宿舍陪我。"亦乔真是生气啊，我凭什么要陪你呢，许子新？你是仗着我喜欢你吗？

亦乔不管，抬手要拦车，许子新一把搂过她，搂得亦乔快喘不过气。一身酒气，却真的很温暖。两个人就这样在路边僵持着，过了一会儿，亦乔挤出一句："大哥，你太用力了……"许子新愣了一下，松开了手。

打电话叫来好哥们儿，这家伙终于乖乖回宿舍了。

一觉醒来，亦乔拿起电话想问问许子新酒醒没，正要拨出去，又立马挂断了。"这件事，许子新必须主动给我一个交代。"

然而日子就这样过去了，许子新再也没有任何消息。

实习的日子过得飞快，亦乔的22岁生日也马上到了，她从不过生日，可今年，她忽然期待有个人陪。

那天正好周六，亦乔一早被手机的振动声吵醒，她一个激灵拿起手机。"宝贝女儿，生日快乐啊！"是妈妈打来的，聊了几句，亦乔睡意全无。翻了一下手机，发现一条未读短信。今晚8点我们电影学院有毕业大戏，你要来看吗？我给你留了位置。——许子新

亦乔发了会儿呆，伸了个懒腰，抬手一看表，居然已经12点了。她鬼使神差地想回趟新校区。

从电视台过去得两个小时，打开宿舍门，Lu Lu又是一脸吃惊，说："你该不会今年想要生日礼物了吧？我可没准备。""请

吃饭就行,大乔快饿成小乔了!"

两个人很久没见,一顿饭主要是聊天。但亦乔今天心不在焉。"你怎么一直看表啊,是电视台那边有什么事吗?""没有,只是……"亦乔想要聊聊许子新。"没有就好好吃饭。所以说,我决定毕业改行真是明智,天天绷着神经都快得职业病了。"Lu Lu心疼地看着她,"一会儿再喊几个人来唱歌吧,帮你解压。""嗯……"

结束之后已是晚上8点多,Lu Lu让亦乔今晚别回电视台了。正在犹豫,手机忽然响起。"你好,你是亦乔吗?"一个陌生号码。"是的,你是哪位?""我是许子新的师弟,你什么时候过来啊?嫂子,我坐在这儿给你占位呢,你再不来我哥的戏就要演完了!"

"不行,我得回去一趟。实习结束请你吃饭!"亦乔拦下迎面而来的一辆的士,留下Lu Lu在风中凌乱。

老校区亦乔真是不熟,到处打听电影学院的毕业大戏在哪里演出,一番周折过后,来到剧场的门口已经9点半了。舞台上的许子新正在谢幕,他带着哭腔说,他热爱演戏,热爱这个舞台,热爱这所学校,可是今天是他在这里演出的最后一场戏……亦乔忽然鼻子一酸,觉得很可惜,她其实多么想看看他在舞台上的样子,自己到底是在跟谁较劲啊?

观众开始纷纷离席,看到拥出来的人群,亦乔一下子反应过来,心想:许子新知道我没来吗?他会不会生气?我要躲起来,不能让他知道我来过。还是我应该假装我刚刚看完?

手机一直在响,亦乔手足无措,眼看观众席的人走完,演员陆续也跟着出来,她手心开始冒汗,硬着头皮接起来。"哈咯,哈哈哈。"一紧张亦乔就喜欢干笑。"哈哈什么?我演的可不是喜剧,你是不是没看?""啊,没,没有啊。""那你喜欢我演的角色吗?""喜欢啊,哈哈哈。"

"那我演的什么?"

亦乔愣住了,不知什么时候许子新站在了她旁边。"我演的什么?"温柔笑着的眼神里满是期待,就那样直勾勾看着亦乔。

"我,我来迟了,对不起。"亦乔觉得脸颊发烫。

"怎么着,你媳妇儿没来看你演出啊?"许子新身后还跟着一堆哥们儿,每个人手里都捧着花。对啊,看毕业大戏是要给演员送花的,收的花越多代表人气越高。

"你怎么没有花啊?早知道我好歹给你买一束,你这样也太丢人了吧。"顾不上周围人的起哄,亦乔一看许子新两手空空,着急了。

"边儿去!我回去单独给我媳妇儿演一遍。"许子新顺势搂着亦乔的肩,俯下身说了一句:"你来了就好。那些花都是我的,傻姑娘。"

"哦,那我就放心了。可是慢着,你刚才说什么?"

"我说,生日快乐,亦乔,做我女朋友好吗?"许子新从口袋里掏出一个甜甜圈,"没来得及买蛋糕,这个将就吃了吧!"

"这也太将就了吧!不过看在你终于认真表白的分上,本姑娘就不跟你计较了。"

亦乔一把接过甜甜圈。

"我就知道你喜欢我!"

亦乔一愣,许子新也愣了。

"夫妻俩要不要这么默契啊,你俩到底谁喜欢谁啊?"

手机铃声响起。"亦乔!你这个疯女人,居然把我一个人扔在大街上!你说,你是不是被哪个男人拐跑了?"

许子新接过手机大喊一声:"是我!现在就去请你吃饭!"他拽着亦乔就跑,留下了身后的哄笑声。

# 喜欢对的人，会让你发光

/浅果果/

**他的微笑，点亮了我的青春**

永远忘不了2005年的那个有些苦闷的夏天，复读班教室里，每个人脸上的表情都像秋天里霜打的茄子。

天知道我有多讨厌读书这件事情，可考大学是父母给我设置的最低人生目标。

从我小时候起，他俩就忙着考察、忙着做实验，很少管我，也很少有精力经营他们的婚姻。为数不多的一些相处时光里，我见得多的不过是两个高级知识分子面红耳赤地为琐碎生活而争吵。

对，也许你能想象得到，我的朋友很少，我有些冷漠，我的孤僻总是拒人于千里之外。

复读班59个人，我自告奋勇地坐在教室最后一排那个被剩下来的位子。这样就可以安安静静地看小说，听歌，一个人和自己玩。

有时，我都快忘了这应该是我最美好的十八岁少女时光。这个年纪该有的活力和热情,统统与我无关。我的青春,是孤独的。

直到那个九月的午后,见到青葱白雪一样的程家阳。

我的爱情,一定是在遇到程家阳的那个瞬间被点亮的。

班主任带着他走进教室,替他解释说因为不喜欢那所重点大学调剂的专业,最终决定回来,再给自己一次机会。

这个世界上,永远有这种很牛气的人。以前我一点儿都不羡慕的,可这个程家阳,长得真是好看呀。好看的男生还能这么拽拽地有自己的梦想,我想要忽略他都难。正当我还沉浸在他好看的样子里不知所措的时候,却看着他一步步地朝我走来。然后,在我旁边坐下,柔声地说:"蒋进进,你好。"

我的世界瞬间凌乱了。这个男孩如春风般柔和的笑容,一下子吹来了我心里的春天。

那一刻,我有多恨自己今天没有穿上那条蕾丝白裙。如果一开始就漂漂亮亮地出现在程家阳的眼睛里,该多好。

## 喜欢是一件温暖绵长的事情

那一整天,因为程家阳,我居然认认真真地听起课来。虽然大部分时候,我都不知道老师在讲些什么。

身边的程家阳,他眉头紧锁的样子,他舒展眉头的样子,都让我觉得,读书其实也可以是件有趣的事情。

那天晚上回到家,我把所有与学习无关的书都锁进了柜子的底层。从此,因为一个男生,我的人生变得丰富起来。

自习课上,程家阳说,蒋进进,你的字写得真漂亮呢。

我的脸瞬间红得像个苹果,真是好糟糕。从来没有人这样直白地夸我,程家阳是第一个,用他那磁性的声音和柔和的语调。我备受鼓舞,在心底暗暗告诫自己,接下来的模拟考试,一定不能在程家阳面前丢脸。

有了这样的小目标,人生仿佛一下子有了盼头。

早起,晚睡,终于把自己熬成了一个熊猫眼。程家阳看到后说,这么拼命干吗?以后不懂的,来问我好了。

那时候的我,多骄傲啊,怎么愿意把那么笨笨的自己暴露在别人面前,更何况这个人是程家阳。要赶上程家阳,唯有拼了命地来努力。好在因为心底的小秘密,我甘之如饴。

我不知道自己有多幸运,可以和程家阳做同桌;可我也不知道自己有多悲哀,在遇到程家阳之前,我的人生那么糟糕。以至于无论我现在怎么努力,还是和他隔着千山万水的距离。

第一次模拟考试,程家阳以高出第二名30分的成绩遥遥领先。我的数理化终于及格,只是这样的结果,在程家阳面前显得那么卑微。

就如同这般暗恋他的我,卑微得低到尘埃里,也开不出一朵花。

可谁能阻挡得住我的喜欢?喜欢是一件温暖绵长的事情。我就那样每天忐忑而又幸福地坐在他旁边,一点点努力,一点点进步,一点点缩短与他的距离。

家里房间的书桌上,我用好看的信纸写着"程家阳"三个字。想要犯懒的时候,那个想要和程家阳并驾齐驱的我,一下子又来了精神。

## 勇敢是爱情里最好的品质

唯一,我是说唯一能让我在程家阳面前变得自信的,是我真的看过好多好多书。他时常惊叹,蒋进进,你那小脑袋瓜怎么会装了那么多故事?

这样的时刻,对于我来说,就像过节一样珍贵而幸福。

校园冬天的香樟树下,有柔和的阳光穿过树叶打在脸上。我给程家阳讲张爱玲讲卡尔维诺讲村上,他耐心地听我说话,眼神里有化不开的温柔。

慢慢地,就有传言说我们在恋爱。我有些忐忑,却忍不住满心的欢喜。忐忑的是怕这样会吓跑程家阳,欢喜的是他们说的不正是我想要的吗?

传言到了班主任那里,他不动声色地调整了座位,好学生程家阳坐到了最左边的第一排,我们之间隔着整整一条斜线的距离。

那一节课,我的心情沮丧到了极点。没有程家阳在身边,我仿佛一下子失去了奋斗的支撑点。好不容易挨到下课,我趴在桌子上,眼泪不听使唤地掉了下来。

这时手机"嘀嗒"一声,提示有短信进来,是程家阳。他说,小傻瓜,不能和你继续做同桌,我比你还要难过十倍。可是这一年对我们来说,意义重大。我会时刻关注你的进步,和我一起努力好不好?我想要和你去同一所大学……

那一刻,我忍不住心花怒放。原来,原来程家阳他懂我的心意。虽然我不知道自己有什么值得他喜欢的,可他就是喜欢我了呀。最重要的是他比我勇敢,勇敢永远是爱情里最好的品质,会让我们不轻易地错过爱情。

接下来的高三时光,我们共同怀揣着一个小秘密。表面上看起来,我们疏远了很多,班主任也终于松了口气。可其实我们偷偷地喜欢着彼此,下课的时候,偶尔一抬头,会碰到程家阳的眼神,两个人相视一笑,高三就在这样的小甜蜜中变得没那么枯燥,也没那么辛苦。

最重要的是,曾经那样平凡冷漠的我,因为有了程家阳,正在经历化茧成蝶的蜕变。

### 他的喜欢成就了另一个蒋进进

这一年,我拼了命地往前赶,只是和程家阳比起来,还是差得好远。在高三剩下最后三个月的时候,我变得焦躁起来。

程家阳鼓励我说,傻瓜,别这样逼自己。要不这样吧,填志愿的时候我直接抄你的。记住不要有压力,蒋进进是谁啊,一定行的……

尽管我一定不会让他这样做,可因为有了他这句话,我一下子就有了底气。谁说一定就不行呢?我深藏多年的潜力就这样一点点被程家阳挖掘出来。

高考前的最后一次模拟考,我居然挤进了前五名。程家阳说,好样的,就这么定了,B大。我答应了他。

可只有我自己知道这次模拟考纯属意外,对我来说B大还是太冒险。为了不让程家阳跟着我填C大,我假装和他填好志愿后再去找老师改了志愿表,报了和他同一个城市的C大。

最终我们都被顺利录取,我离他的B大差了两分。程家阳知道后有些沮丧,我安慰他说,你知道对我来说,能考上C大已经很难得。现在也不错啊,我们还在一个城市呢。四年后,我考上B大的研究生,终于和程家阳顺利会师。

有时候我常常在想,这一路走来,如果不是程家阳,也许我还是当初那个有些冷漠有些孤独的女孩。可幸好我的生命中出现了他,他的喜欢让我变成了另一个蒋进进。这样的我,现在美好得让我自己都忍不住很喜欢。

也许每个男孩和女孩,在成长的路上,都会遇见这样一个人。因为这个人,一点点让自己变得自信温和,变得更加愿意相信这个世界的美好。

遇见对的人,是幸运。而喜欢对的人,会让你发光。

两个人
不等于我们

第二章

# 你是我望尘莫及的美好

/ 陆浓 /

**1**

我刚上大一的时候，160厘米，43.5公斤，是众多瘦子中的一枚，大二的时候，我依旧160厘米，而体重变成了60公斤，活脱脱的小胖子。

我是林薇雨，喜欢你三年了。可是你，从来都不知道。

第一次见你，是在学校社团的招新会上。突然有两个穿着跆拳道服的男生拦住了我们的去路，其中一个就是你。

你的同伴热情地对我说："学妹，来参加我们跆拳道社吧，强身健体。"我笑了笑，以自己不太爱运动为由拒绝了。他不屈不挠继续追着我说："哎，学妹，学了跆拳道可以保护自己的，你看你长得这么不安全。"

你在旁边"扑哧"笑出了声，风掀起你额前的头发，你的侧脸在阳光下熠熠生辉。你那天穿着白色道服，像极了武侠片中仙风道骨的大侠。那一刻，像是满天的星光都被你点亮了。

那一刻，我突然决定要去你的社团。

傅子钦，如果时光可以倒流，一切可以重来，我断然不会加入这个社团，也宁愿不曾遇见你。

## 2

我正式加入跆拳道社之后才发现，我能看见你的机会，也只有两次训练。

对于我们这些跆拳道菜鸟来说，或许有部分人是为了某个人而来，例如我。而你，从小就学习跆拳道，你对跆拳道的热爱无异于樱木花道对篮球的热爱。这一切，都是慢慢熟悉之后我才知道的。你说你不能理解，为什么我每次训练都要想办法偷懒，你说练跆拳道是一种享受。自那以后，我便不敢再偷懒，每一次训练都踏踏实实认真完成，经常累得全身酸痛，满头大汗。

有一次，你问我要不要一起去聚餐。我刚想推辞，你却二话不说回过头跟其他人说今晚加一个人。我只能在风中默默点头。

吃饭的时候，你突然义正词严地对我说："林薇雨，你要多吃点儿，你看你瘦得肯定找不到男朋友。"

那天，你和你的同伴估计都被我惊住了。他们说我一个看上去瘦弱得风都能刮跑的女生居然可以吃赢三个大男生。

后来你们几乎每次聚餐都要带上我，你说你的同伴说，带上我不吃亏，不会有剩菜。我抬头看向你，问你："你呢，也是因为不想浪费？"

你笑了笑，把手搭在我的肩上，对我说："我当然是因为觉得你吃饭的样子好看又有趣啊，而且，你这么瘦这么矮，是该多吃点儿。"说完还使坏地比画了一下我的身高。

是啊,我真的好矮。你180厘米,我160厘米,就好像一抬头就能说"爱你",但是隔着20厘米的距离,剩下的便只有仰望。

## 3

我们的关系越走越近,你已经开始旁若无人肆无忌惮地对我勾肩搭背了。舍友说,这是危险信号,关系越好,我们就越不可能成为情侣。我有一瞬间的落寞,可是我不能刻意疏远你,我实在是做不到。

我越吃越多。你去参加全市跆拳道大赛时,我已经可以去挑战自助火锅连吃六小时不停了。你又开始担心,你说:"你这么能吃,以后谁养得起你啊?"

我问你:"没人要,你可以收留我吗?"

你那天说的话,我永远都记得,也是那句话,把我推向了万劫不复的深渊。你说:"没人要的话,我养你。"

我"哇"的一声哭了起来。你有点儿慌乱无措地说:"好好好,有人要有人要,我错了,就那么不乐意和我在一起吗?"

后来一次社团聚会,一群人玩起了真心话大冒险,我选了真心话,他们问我,从小就这么能吃吗?我摇摇头,看向你,说:"是因为傅子钦说我又矮又瘦要多吃点儿。"你在一旁笑嘻嘻地说:"明明自己是个百分百吃货,还要赖给我。"

后来,你抽到了大冒险,一群人起哄让你抱在场的一位女生。你二话不说就抱起了我,不知道谁来了一句:"让他抱着林薇雨做二十个蹲下起立。"

你板着脸,抱起我,起先还很从容不迫的样子,越到后来我渐渐感觉到你开始吃力,汗水顺着你的鬓角流了下来。我抬手想帮你擦掉,你厉声说了一句:"别动,沉死了你。"

我默默收回了手。傅子钦，就是在那一刻，我开始意识到，我已经不是当年的那个瘦得只能穿最小码的林薇雨了，我是大了一号的林薇雨。

回到宿舍后称了一下，我已经51.5公斤了。我失去了那个"太瘦要多吃点儿"的理由了。

舍友们都劝我早早跟你表白。

她们甚至连情书都替我写好了。我拒绝，我说那一看就不是我的风格，你是不会相信的。

我就这样踌躇着，纠结着，磨蹭着，等待着，错过了一次又一次的机会。

## 4

再开学的时候，我大三你大四。开学的时候在校门口碰到，你直勾勾地看了我半天，然后拍拍我的肩膀："我说林薇雨，你怎么一个暑假胖成这样了啊？以后怎么嫁人啊？"

我哭了，我不是一口气吃成的胖子，难道之前你都瞎了吗？

你显然是被我吓到了，揉了揉我的头发："不哭不哭，没事，胖点儿可爱，嫁不出去我养你。"傅子钦，你看，又是这句。你知不知道，你这么说我是会当真的啊。

你大四的时候开始出去实习了。

不和你在一起的日子，我开始减肥。我咬牙奔跑在学校的塑胶跑道上，一圈又一圈，没有终点没有希望，就像我对你的追逐，永无止境。

你第一次回学校来看我的时候，是你开始实习的一个月后。你说你挣钱了，要带我去吃大餐。我默默地摸了摸自己腰间的肥肉，艰难地点了点头。

那天晚上,我依旧欢悦地搏斗在食物之间,像个腾云驾雾的齐天大圣般挥舞着筷子,将食物消灭。你默默地笑着看我独自战斗着,临了,你摸摸我的头:"这么多年了,还是只有你,一点儿都没变。"

不,傅子钦,我变了,我变成了一个胖子,我变成了一个懦夫。有些话,时间越长我就越没有胆量说出口了。我害怕如果我开了口,以后会不会连一起吃饭的机会都没有了。你看我懦弱得连自己都开始讨厌自己了,我本不该拥抱太过炽热的梦,比如明天,比如你。

## 5

如果说在追逐你的这条路上,我是个慢腾腾的参赛者,那么在减肥这条路上,我应该算得上一个优秀选手了。

大三一年我瘦了整整10公斤,并不像从前那么瘦,但已经看不出曾经60公斤的痕迹了。而我的胃,也不堪折磨,胃溃疡已经严重到不可不管的地步了。

我问医生,我以后还可以去吃火锅吃龙虾喝啤酒吗?他说:"能吃,溃疡再严重一点儿就可以把整个胃切除。"

大三的期末,你和几个从前一起在社团训练的学长回来了。那时你就要毕业了,我们一起去了从前经常去的那家店,又点了一大桌。他们闹哄哄地打赌说我能吃多少。你在一旁看着,默默地不说话。这时,突然来了一个学妹,跑到你的面前,递给了你一封信。我听见她勇敢地说:"傅子钦,这是我写给你的第721封情书,请你做我男朋友吧。"

旁边的人开始起哄,他们说,这个学妹已经递了两年情书,你就算是石头也该化了啊。

你看了看我。目光交会的一刹那,我慌乱地低下了头。仿佛过了好久好久,你轻声说:"好吧。"那个女孩欢呼了起来。

那天晚上,我不顾医生的劝阻又一次横扫千军破了纪录。我默默对你举了举杯,在心里默念了一句:"来,傅子钦,干了这杯啤酒为证,从此火锅烧烤龙虾是路人。"可惜,你正被众人簇拥着,没有看见我眼里的决绝。

那天过后,我在宿舍躺了三天,然后去医院,割掉了我四分之一的胃,也割掉了我这么多年来,对你念念不忘的臆想。从此以后,火锅的畅快,烧烤的淋漓,龙虾的肥美,我都尝不到了。而真正让我最难过的,是你身边的位置终于有了别人。

我的青春伴随着我的爱情就这样无疾而终了。那些你陪伴着我吃到满天繁星都笑了的夜晚,那些你在灯光下温柔地看着我横扫食物的日子,都一去不复返了。

我一次又一次地把你留在我身边,却一次又一次地错过了你。到了最后,我不得不承认,我输了。而且我没有输给别人,我只是输给了自己。

# 你这病,初步诊断是遇见了爱情
/ 柒先生 /

**1**

我记得上高中的时候,班里的女孩子偷着谈恋爱,开心的时候上课都傻笑,失恋的时候会去学校院子东头的理发店剪短发。那时候的爱情,似乎跟头发的长短息息相关,喜欢你就长发及腰等你来娶我,讨厌你就剪短头发剪一地不被爱的分叉。

这大概是一个约定俗成的规定,剪断了头发就可以忘记你那些不想记得的、不开心的事。可惜,我偏后知后觉,那天中午,应该是盛夏的中午,我剪了一个平头,几乎等同于光头的平头,一厘米长。所以午休结束的铃声响起,有个同学经过教学楼过道的时候,指指我的头,偷偷问我:"失恋了?"

我说:"天热。"

她笑着说:"顽皮。快说说,你跟谁啊?"

我说:"天热。"

她依然笑着说:"调皮,快说说,你喜欢谁?"

我一本正经地说:"我喜欢你。"

她突然一下子愣住了,瞬间脸红了,真的,那一抹红,往后我想起的时候,是一片火烧云的晚霞。

我突然一下子急了,不知道该怎么解释。我说:"你不会以为我真的喜欢你吧?"

她低着头,嘀咕了一句:"嗯,我知道。"然后捂着脸,害羞地跑了。

看着她的背影消失在楼道,我自言自语:"嗯,我还真的喜欢你。"

她是隔壁班的姑娘,叫丁薇。我们都是艺术生,所以在音乐室里,我俩还是同桌。早上练声和形体,我常常去得有点儿晚,我不爱跑早操,我爱睡懒觉,后来,我的桌子上开始多了豆浆和油条。

我猜,你也这样喜欢过一个人,对,注意措辞,是喜欢。你喜欢他的一切,聊得来,放得开,你跟他在一起无比轻松,他讲的笑话你能笑好几天,他皱个眉你都担心好几天,你最喜欢的课间操是转体运动,你看着他的背影,好暖。

## 2

你跟多少个人,说过"我喜欢你"?

对,你以为的,爱情的那种喜欢。你有没有安静地想过这句话背后的含义?你轻易出口的"我喜欢你",你说的是心潮澎湃,别人听的可能是一生一世。如果你没想好往后的人生怎么过、有没有她,就千万别开这种玩笑。喜欢这种事,很容易当真的。

丁薇不甘心,后来问我:"如果我们现在还在一起,会是怎样?"

我说:"不咋样。"

她问:"会不会还是深爱着对方,像开始时一样?"

我说:"不会啊。"

她说:"我不信,如果我们当初坚持那么一下下的话,我们就会很幸福。"

我说:"你也知道,那是如果啊!你想,你满怀期待地坐在餐桌前,一碗鲜虾云吞面上桌,在闻到第一缕热乎的香气跟吃到第一口之间,是最美好的,因为往后,不过就是把一碗面吃完。"

她问:"为什么?"

我说:"有一天你会明白的,爱是一种能力,而喜欢是一种情绪。年轻的时候,我们总喜欢拿情绪说一辈子对你好,而往后我们会闭上嘴,拿能力去告诉对方我能养你一辈子,你别怪青春荒唐,那都是我们长大的地方。"

有一句话,我跟丁薇说过三次。

第一次,我们俩都有了初恋,不过不是对方,我喜欢上文科班的一个姑娘,她喜欢上理科班的一个少年。在学校食堂,我们一起吃饭的时候,她很开心地跟我说:"我谈恋爱了!"我愣了愣,说:"你要幸福啊!"

第二次,我陪她在学校院子东头的理发店理发,我问她:"你确定了吗?"她抹了抹眼泪说:"我要坚强,我要忘了他。"然后地上是丁薇碎了一地的头发,不过她短发的样子挺酷的,从理发店出来,我跟她说:"你要幸福啊!"

第三次,她打电话告诉我:"我不等你了,我要结婚了。"她总是快我一拍,几年前,她在我之前谈恋爱,几年后,她在我之前结婚。我说:"我要给你当伴郎啊!"她说:"红包来就行了,我不想见你,我怕我会哭。"我说:"你要幸福啊!"她说:"嗯,我终于要幸福了。"

后来,我终于觉得有句话比"我喜欢你"更好听,那句话叫"你要幸福啊"。你那么懂她要的,就像懂番茄甜椒酱烤鸡翅、孜然烤土豆、麻辣风味烤鱼排,你爱极了那味道,你知道几分火候,她想上天,你就愿意给她买窜天猴。

## 3

我一直喜欢下午的阳光照在热乎的米线上,用筷子挑起一绺米线,米线在筷子上绕圈,一圈一圈又一圈,绕到最后米线突然都从筷子上滑落到碗里。我喜欢那种徒劳,那种徒劳,就像我喜欢你,没啥结果,我还转圈转得一身劲儿。

十年前,丁薇跟我说过一些傻话,如果十年后,我未娶她未嫁,我们就在一起。那时候我们俩一起失恋,在学校门口吃云南米线,我问她:"要不要加辣?"

她说:"加。"

最后米线辣得没法下口,吃一口哭一口,眼泪哗啦啦的。丁薇问:"这辣椒怎么那么辣,那么辣啊?"

我说:"大概这世界上伤心的人太多,都不好意思哭吧!"

丁薇问:"是不是一开始就是错啊?艺术生和理科生,怎么可能谈恋爱呢?跨越物种啊!"

我说:"青春没有对错,只有两种结果,要么给喜欢的人,要么剁碎了喂狗。"

丁薇说:"那我是不是一个奇葩啊?我把青春剁碎了给喜欢的人,他去喂了狗。你当时看我像一只飞蛾去扑火,为什么不拽住我的翅膀啊?"

我说:"你发疯的样子,像是看见了爱情。"

那天我只字未提我失恋的事，我安慰了她一下午，我们沿着街边的铺子，吃了糖炒栗子、糖葫芦和棉花糖，她开心得像是一个孩子，似乎忘记她刚刚丢了心爱的玩具。

我才知道，失恋，并不是一件坏事。你觉得那是一束热烈的光突然消失，你躲在黑暗里，把一瓶一瓶的酒喝到肚子里，从眼睛里流干，那多傻啊！

我们总会在另一个阳光升起的早晨走进另一个人的世界，每一场爱，都有它存在的使命，每一个你喜欢过的人，都会教给你在残酷的世界活下来的技能，所以，失恋的你会变成更强大的一个人，这就是失恋的使命。

## 4

我们最后都没有跟初恋在一起，那应该是最好的结局。

最后一次见丁薇是在火车站，她是短发，我支支吾吾没敢问出口，只是指了指她的头发，说了一句："挺好看，这发型适合你。"

她笑着说："天热。"

我跟着笑了笑说："你还是那么顽皮，骗谁呢？"

她笑着说："天热。"

我说："嗯，天气预报说，傍晚有一场大雨。"

丁薇问："你后悔分开了都没有跟她说句'我喜欢过你'吗？"

我笑着说："不后悔啊，往后再过几年，她成家我也成家，那多美好。我们都在最好的年纪遇见过，我要攒饱劲儿，将来有一天站在自己喜欢的姑娘面前，大声跟她说，我喜欢你。"

丁薇说："你要幸福啊！"

我觉得"初恋"这个词好美,像是山谷等来一场刮过四季的风,烤馍等来红烧肉青椒葱花剁碎,我站在地铁和人海里等来你向我挥手。我们沿街走啊走啊,那铺子有糖炒栗子,山楂成串,你眨着眼睛张口说,我要吃棉花糖。

那是唯一一次巧合,她在青岛转车,后来坐上火车,走了。大概青春里,有好多这样的人,走了,就再也没有见过,我想对着她的背影说一句,我喜欢过你,但是发现这句话,好徒劳,好无力。

有句话啊,一直没舍得说,就放在心里,走了那么多年,它逢雨发芽,遇风开花,它连接白昼与深夜,它铺开是秋天的麦田,我喜欢你藏在尽头,它收起是一碗阳春面,面底藏着荷包蛋。如果青春拼成十四行情诗,那么把"我喜欢你"当作最后一行吧,我希望你亲手画个圆圈当句号。

真好,年轻的时候,喜欢一个积极向上的人,因为她,你成了更好的人,那便是初恋最好的意义。再逢见,她说,我要跟你喝酒,你请客!你说,好啊!多年后,我很喜欢一句话,也想说给你听:我希望在一个黄昏,携着烧酒半斤甜辣鸭头鸭脖打包烤串,来推你家的柴门,笑着跟你说,你看,你们家的双喜字贴得有点儿歪哦。

对,那是最好的青春,这姑娘我喜欢过,她教会我,对一个人,有两种爱:要么一声"我喜欢你",要么一生我喜欢你,想好了,再张口说,一点儿也不晚。

# 年少时的喜欢，都被秘密终结

/ 饱肚师叔 /

初三的时候，我1.58米，62公斤。那个时候我膀大腰圆，虎背熊腰，虽然穿着运动校服看不大出来，自己对美丑胖瘦也没什么概念，成天几个人一起吃吃喝喝，玩玩打打，傻乐。后来一次换座位，我被调到了第一排，换了一个新同桌。

这是一个白白净净、细皮嫩肉的男生。戴一副眼镜，特斯文。每天随身携带一个乐扣的杯子，泡一包立顿红茶。他起先不大搭理我，直到有一天我突兀地参与到他和他后桌男生的讨论中，他才开始和我热络起来。

他写字很难看，但偏爱收藏钢笔。他有一支派克钢笔，他说这是他的好兄弟，我问他借来写写他总是一脸不舍，然后在我的威逼下还是无奈地递给我。他最喜欢的电影是《黑客帝国》和007系列，最喜欢的导演是希区柯克。于是我在学校门口买了碟，看完了《黑客帝国》三部曲，二十部007，希区柯克全集，然后告诉他，我还是喜欢《花样年华》，他看了《花样年华》之后只说了一句话："张曼玉真性感！"

我们总是一起听小野丽莎和枪花，午休的时候，一副耳机，我用右耳，他用左耳。他说我听枪花太暴躁，我说他听小野丽莎太女孩子气。我们谁也争不过谁，只好一起开始听周杰伦。有一天中午，听到《蒲公英的约定》，"认真投决定命运的硬币，却不知道到底能去哪里"，放到这一句的时候，我发现鞋带散了，于是我弯腰俯下身系鞋带。这时，他突然用手轻轻揉我的头发。我弯着腰，脸朝着瓷砖地，意识模糊。我到现在都能想起那时的脸红和身体里所有细胞一起炸裂的感觉。我也不知道我呆愣了多久才坐直，而他却一脸泰然自若。多年以后的今天，我坚信那一刻就是爱情迸发的滋味，只可惜身在此山中，云深不知处。

那一年元旦，我们互送了新年礼物，他把他"情同手足"的派克钢笔给了我，而我则送了他一盒费列罗。钢笔拿回去之后我连盒子带笔一起存放进了我的小"宝箱"。那时每天睁开眼就兴奋于终于可以去上学了，而下晚自习的时候总是恋恋不舍。我们依旧每天听歌，对诗，玩掌机，互相抄作业，快活赛神仙。转眼到了春节，他邀请我一起去看休·杰克曼与妮可·基德曼一起主演的《澳洲乱世情》。那是我人生中第一次单独和男生看电影，心花怒放，小鹿乱撞，两个半小时的电影，紧张得不停喝水。他喝法国气泡矿泉水，我喝完了自己的，又眼巴巴地望着他。他把气泡水递给我示意我直接喝，看到我喝完，突然凑到我耳边轻声说："刚才我们可算间接接吻了哟！"

可事情的发展总是出乎意料。寒假过完便迎来了初三下学期，开学一个星期之后，他开始对我爱搭不理，也不再跟我聊天扯淡。再后来换座位，我们被调开了。在别人中考总复习的时候，我每天满脑子都只想一件事：他究竟为什么不理我？为此我茶不思饭不想，不跟朋友疯玩，也不打打闹闹了。放学后我会悄悄跟着他，早上会偷偷往他抽屉里塞他喜欢的杂志、零食、CD（激光唱盘），而这些东西第二天会准时出现在我的抽屉里。

我的好朋友们眼睁睁看着我每日眼神空洞、消极厌世，纷纷表示一定要报复他。为此她们想出了一个奇招：给他写情书。这情书不是一封也不是两封，而是一天二十封，每一封字迹不同，笔迹不同，写完全部塞进他的书包里。在我之后，第一个和他同桌的姑娘为了整他每天在他旁边吃榴莲糖，第二个姑娘成天往他的立顿红茶里加雪碧，斗智斗勇，"热血"青春。

这方法果然奏效，一天课间，他拿着一摞信封，冲到我面前，奋力往桌上一拍，大声吼道："你有病吧！"我拍着桌子应声而起："那你为什么不理我？"他狠狠地瞪了我一眼，气呼呼地转身离开了。我站在走廊上，眼泪吧嗒吧嗒地流。那时我第一次明白了什么叫心如刀绞，什么叫失去，什么叫绝望。

那是我们最后一次说话。后来就是中考。中考之后的暑假，我妈吃饭的时候有意无意地问我："那个×××现在怎么样啊？"我一惊："我们很久没有说过话了。"我妈一脸惊讶："你那点儿屁事我还不知道？小伙子情书写得很溜啊！"我又是一惊："什么情书？我怎么不知道？"我妈说："你别装傻了，那支钢笔不是他送你的吗？"我点头。她接着说："那盒子里面有封信啊，我都看了你没看？"

坐在饭桌旁的我在那一刻突然觉得好像不会呼吸了。我扔下碗筷冲回房间翻出礼盒，打开盒子，拿出钢笔，发现真的有一张折叠的字条埋在礼盒的最下面，上面是我熟悉的他的歪歪扭扭的字：

这是我最珍视的东西，现在我把它送给你，因为你最珍贵。

哦，对，由于为伊消得人憔悴的关系，初中毕业的时候我1.6米，54公斤。整整8公斤的衣带渐宽终不悔，到底还是在后来6年的时光里被对其他人的爱意和眼泪所代替。想起他兴许是因为最近看了成堆的青春校园片，突然想起，很久以前还有这么一个人，离奇地喜欢过一个胖得跟球一样的我，然后又以离奇的沉默离开了我。大一的时候他们说他也来了美国，托福和SAT（学术能力评估测试）接近满分。他成了我前男友的学弟，去年一次偶然的机会我在QQ上试探着问他：当年为什么突然不理我了？

他在QQ那头沉默了。我看着对话框不停地显示"正在输入"，最后却只收到两个字：

秘密。

# 别了，姑娘

/ 张玮 /

　　我很喜欢那个姑娘，因为她有一双我至今为止见过的最美的手。衬着亮色的绿茶包装，那手显得葱莹玉白。

　　那一刻，我知道我喜欢上她了。

　　我初来新学校报到时，看到那手，我喜欢将这归结于冥冥之中自有定数。

　　我高兴啊，跟打了鸡血似的，这一打就是三年。在定数的指引下，我和姑娘的事儿成了一半：就是我始终如一地喜欢姑娘，姑娘从来不知道有我。

　　我自娱自乐，从晨晖踩到夕阳。时值毕业季，许是想着大学了，不知道以后能不能再瞧上一眼。所以少男少女们的告白满天飞，毕业礼物你传我啊我传他。在这玫瑰色的大背景下，我攒了三年的勇气突然找到了回家的路。我想送姑娘点儿什么，只是很单纯地想送而已。

也许是想等老得再也走不动路时，不会觉得遗憾吧。晚风拂过，我可以抖着蒲扇，对孙儿说，那夕阳，是你爷爷我曾逝去的青春。

嗯……貌似想多了。

我回过神，又仔细地瞧着街上形形色色的店铺，布偶店？会不会太老套，算了。文具店？会不会太幼稚，都要上大学了呀。

我一路走着，天哪，这都第几家了，奶茶店、玩具店、动漫手办店、衣服店……终于，又再次走完了一条街。

我有点儿泄气，但一想到姑娘那葱莹玉白的手，似乎又浑身充满干劲。

"您好，请问需要什么？"我回过神，发现不知不觉中已进入一家店铺。我环顾四周，瞧着一条条精致的手链，似乎……还不错！

"没事，我自己瞧瞧。""好，如果有需要，可以喊我。"店员好脾气地笑笑，许是因为这店只有女孩子才会光顾的缘故。我弯下腰，凑近，仔仔细细地瞧着。忽地，我眼睛一亮，伸出了手，但却碰到了另一双手。我愣了下。

对方是个女孩，短发。

"不好意思，你也要？"女孩笑笑。

"嗯……"我瞧出了女孩的心思。但我觉得这条复古风的手链真的与我喜欢的姑娘很相称。

"如果可以的话，能让给我吗？这手链只有一条了，我上次来就很喜欢了。"女孩很是诚恳。

外面天快黑得差不多了，最后我拿着包装好的手链，在店员谴责的目光下走出小店。

我很抱歉，但欢喜更多。这一欢喜便又是两个星期。送姑娘礼物这任务也是最终成功了一半：我买了礼物，有了对象，但不敢送。

七月流火，真的是毕业了。但我在学校找来找去，姑娘却找不到了。到最后，学校的人都走得差不多了，只留下我站在校门口，手里拿着装手链的袋子。

忽然，我又一眼看到了那天在店里跟我争手链的那个女孩。

我看看手链，看看她。

"是你——"我走过去，将礼物强行塞到那个女孩手中，"那天不好意思，我，总之，算了，给你吧。"

夕阳懒懒地打在这熟悉的小镇上，我攥着那女孩执意塞过来的钱，很是郁闷。

途经一小店，鬼使神差地多买了瓶不怎么喜欢的绿茶，背着黄昏，沮丧地回家，我想一个人静静。

我自娱自乐着，抬头，不自觉地停下脚步。

那个手葱莹玉白的姑娘，她在等车。

我飞快地小跑几步，将绿茶塞到等车的姑娘手中。

七月流火，熟悉的小镇，衬着亮色的绿茶包装，那手显得葱莹玉白。嗯，果然还是这样的好。

"你好，叶伊伊。"在姑娘愣愣的对视下，我飞快地跑了，"毕业快乐！"

晚风中，我飞快地跑着，背着黄昏，我就说嘛，冥冥之中自有定数。

别了，我很喜欢的姑娘……

# 她的少女时代

/ 喜宝 /

"以后和别人聊天的时间不可以超过这次。只有我可以和你打这么长时间的电话。"

电话结束时,那个男孩这么说。

那是她14岁的一个晚上,他给她打电话,打了整整一个通宵。吓坏了的她把房门关紧,生怕爸妈听见,只能小声地应答。起先还听着,听到后来已经意识不清,快睡着了,只好抱着话筒"嗯嗯啊啊"。他忽然拔高声音,把她吓得顿时清醒过来,然后又轻轻地、愉快地和他接着说下去。

那时候,男孩对女孩很好。他们坐的地方靠近窗户。冬天的时候,冷风呼啸,她微微一缩肩膀,他便立刻替她关上窗子。她发了烧,班主任和好朋友还没有着急呢,他却急得吼班主任:"打电话,你快打电话给她爸爸呀。"他也会捉弄她,搞恶作剧,吓她一跳,再得意扬扬地笑。

他笑起来，眉眼里都是笑意。他是一个霸道的人。

那时，有许多女孩喜欢他，喜欢他的女孩里就有她的同桌。

同桌小声地问她："你是不是喜欢×××？"

她把头摇得像拨浪鼓："我喜欢的是×××。"

×××是他小学时认识的玩得最好的哥们儿。

这句话不知怎么辗转传到了他的耳朵里，他跑到她跟前，狠狠地问："你真的喜欢×××？"她点点头，郑重无比地承认。

那一刻，男孩眼里的星星好像一瞬间全熄灭了。

多少年后，她还记得这一幕，他狠狠地生着气，极其失望地看着她，恨不得咬她一口，把她给掐死。

最后，他收起所有的表情："好，那你就喜欢他吧。"

接着，他在几天之内迅速确定追求另一个女孩，并开始了长达几年时间轰轰烈烈的浪漫。浪漫的、搞怪的、让人艳羡的事不知做了多少。他对那个女孩也很好，加倍地好，好得所有人都知道。

可是后来，他和女孩分手了。后来，他去了一所以理工科闻名的学校。再后来，他再也没有联系过她。

有些秘密，藏在这看似没有交集的人生背后，谁也不会知道。毕业那年，他去往远方。临走前，他来到她家楼下。窗口亮着一盏灯，那是她的房间。默默望了那么久，他一定不会认错。他打电话把她叫下楼，说要载她在城里兜兜风。没等她做出决定，他又立刻开口："这是我求你的最后一件事了，好吗？"

真奇怪，这些年从没说过什么话。偶尔在走廊看见他，他看到她，神情也是淡漠的。如今他就要离开这座城市，最想见的人却是她。

男孩载着她兜了一圈，最后到了操场上。两个人坐在操场边的台阶上，相对无言。那天，他没有亲她。那天，星光满天，两个人坐了很久。这个骄傲的男孩把她送回家时，忽然对她说："我这几年挺疯的，以后不会这样了。"

女孩诧异地看着他，他继续淡淡地说："你知道吗？如果你那时喜欢的人是我，那些事就都是为你而做。"

他的疯狂，他的执着，他的热烈。全部全部，所有所有。

这个故事是我的朋友转述给我的。恰好前些天电影《我的少女时代》热映。从地铁站出来，我们聊起她的少女时代。听完全过程的我问她："难道你真的就一点儿都不明白他喜欢你吗？"

又怎么会不明白呢？她的父亲带她回家，远远地，每次总能看见他站在小区车库外，偷偷地看她。冬天很冷的时候，他在她家楼下蹦蹦跳跳像只猴子，她从窗口就能看见他。

我问她，为什么假装不知道？她沉默了，没有回答我。

快走到路口时，我听到她忽然说了一句："那个时候，我的同桌喜欢他，常常和我讲他的事。我同桌是我那时最好最好的朋友。"

她的同桌说喜欢他，她要保护自己的友情。

她说喜欢他的哥们儿，于是他只能愤然转身。

和成人世界不一样，没有那么多的过后解释，也没有那么多的双得和双赢。它是这样细微、敏感、热烈、决绝，它是这样单纯、明亮，却界限分明。

它很容易便错失了，它分毫不讲道理。

我们的少女时代啊。

# 我也是个有人追的女同学

/ 七毛是我 /

**1**

我收到人生中第一张小纸条，是在初二。

当时跟隔壁班女生合住一间宿舍，那天下了晚自习，对床的梅梅鬼鬼祟祟把我拉到一边，突然塞给我一张纸条，眼神极其暧昧复杂，笑得很诡异。我打开后，吓坏了，白纸上躺着好看的八个大字：其实你真的很漂亮。

我发誓，在我以后的人生里，再也没听到过这样一句真诚坦率的表白。我也发誓，当时我就心动了。

我知道是谁写的，隔壁班的高帅男。有多高？大概一米八。但是，我可不是那种专注小情小爱的女生。我，一个以匡扶学业为己任，一切向中考看齐的三好青年。我告诉自己，那只是一场无聊的恶作剧。我嗤之以鼻，当场将纸条撕得粉碎，甩出一句："神经病！"

我们的故事，就从那一刻开始了。

180从此看我的眼神多了几分恨意，我能感受到。大概恶作剧不成，颜面尽失才对我反目成仇。我心想。

纸条门事件后，只要在校园遇到180，我都会第一时间避开那恶狠狠的眼神并迅速跑开。

可剧情发展渐渐失控，我的脑海里总是不自觉地出现那个浑蛋的脸。每次进晚自习教室第一眼会扫下他的位子，想知道他在不在。白天经过他们班，也会装作不在乎地斜看几眼。他在食堂吃饭、他在操场打球、他在开水房提水，我总能第一时间找到他。我讨厌这种感觉，可我又控制不住。我猜，那张纸条一定被施了魔咒。人家的玩笑，我竟然当真了。

我想我是疯了，我最引以为傲的成绩也开始起起落落。而初三下学期，当我得知180突然跟楼下班级一个白富美勾搭上时，我几乎是崩溃的，哭了一晚上。

后来，我经常看到这对鸳鸯出双入对，闪瞎整个校园，也刺痛背后的我。

偶尔我会碰到180，也是奇了怪了，他的眼神由以前的愤怒变成淡淡的伤感，对，有一点点哀伤。不会被女友虐待的吧？我当时绞尽脑汁想着怎样做回排行榜上的高分担当，稳固年级霸主地位，也就逼着自己不再去想。

老天还算开眼，情场失意却让我考场得意。我顺利考上心仪的高中，比重点线高出了几十分。冤家路窄，开学报到的第二天，我就在新高中看到了180和他女友。经过那场阵痛，我对他们已经没太多感觉。我看得出，180想上前跟我说话，但我眼睛一转，当作没看见傲娇地走开了。后来我听人说，他女友是花钱进高中的，他们经常旷课出去玩。

没多久，他的女友就跟他分了手，又没多久，他的女友又重新牵了别人的手。等我再次知道180的消息，是在几个月后的年级大会上。电视通报批评通宵上网打架斗殴待开除学生的名单，180的大名被明晃晃地摆在第一个。

那天晚自习，我肚子疼去厕所，出来看到一个黑影倚在厕所外面抽烟，红点在黑夜里闪动，等我走近，发现是180。寂静暗黑的校园，他只留给我一个背影，惆怅空虚落寞的背影。我停下来看了会儿，鬼使神差突然想问他当年纸条的事，但我知道这必定又是场自取其辱。最终还是转身走回教室。我明白，一切已经不重要了。

这场恶作剧终于落了幕。因为后来，我再也没在学校见过他。

"你说你当初要是从了他，你们肯定女才男貌比翼双飞。他也不至于走上歪道沦落到今天这地步。"梅梅后来跟我感叹。

"人各有命吧。"我回了句。

"唉，他当时天天跟我打听你的事情。"

"哦，是吗？都过去了。"

"你没事吧？"

"我没事。"

## 2

大二时，学校有个理工男喜欢我。那会儿我常在报纸上发表些豆腐渣破稿，也会在网上写些酸溜溜的文字。

可不知怎的，却有人喜欢，渐渐关注我社交账号的人也多起来。理工男大辰就是在此时约了我。

"我看了你所有的文字。"大辰见我的第一句话就把我噎住。本来我是不想见的，但他已经断断续续给我发了一个月私信，吊人胃口暧昧不清这事确实不是大丈夫所为。情海无涯，回头是岸。长痛不如短痛，给人家一个痛快好了。走。

我们约在学校荷花池边，那时是炎热的夏季，还好我选在晚上。一是怕热，二是怕熟人看见。整场会面都是在"啪，蚊子！啪，又一只蚊子"中展开。

大辰成绩好，年年拿奖学金。大辰性格谦和，说话温文尔雅。大辰长得也不赖，算是人堆里比较出挑的，一看就是根正苗红好少年，只可惜不是我喜欢的款。我喜欢什么样的，我也不清楚，反正跟大辰感觉不对。

大辰一个劲地夸我肯定我，我"嗯嗯嗯嗯"只知道点头，我心里也是这样想的，眼光还不错。完了我说"太晚了，回去吧"。大辰顿了一下，说"好"。他送我回寝室的路上，突然停下来抓住我的手，看着我的眼睛，说："要不我们交往吧！"我的天，上帝做证，我当时吓得差点儿坐在地上。我承认，那一刻他确实很帅。

"不好意思，可能让你误会了。我觉得我们感觉还没到，这个很难培养。对不起。"我憋了一晚上的话，终于在这一刻说出来了，也松了一口气。

大辰愣住，这回换他傻眼了，后来我默默往回走，大辰一直跟在我后面，也不说话，直到我回到宿舍，他才回去。此后，大辰再没联系我。只是经常会看到他进我空间访问、给我微博点赞，有时记录显示是凌晨两三点。

大三时，校宣传部领导派我去采访报道本校学生的比赛，他们刚在国家级大赛上荣获一等奖凯旋。我刚进门，就看到大辰跟几个同学坐在里面。很久不见，我们对视，我有点儿尴尬狼狈，他一直冲我笑。其中一个叫小风的男生突然推了推大辰，有点儿起哄的意思。

总算结束采访，我收起录音笔和记录本，准备逃走。小风却提议说："我们一起吃饭吧。"

酒足饭饱后,有人提议玩真心话大冒险。终于轮到了大辰,他盯着我,静静地说:"我一直喜欢你。"场面继续失控,我脸通红,吓得赶紧喝口啤酒压压惊。

"那你现在喜欢我吗?"大辰抢先一步提问,突然又安静了下来。大辰啊大辰,你何必呢?

我抬头看了他一眼,他盯着我,仿佛要把我吸进去。想起那年"花前月下",我瞬间心软了,不忍心再次伤害他,好一会儿才说:"我喝酒。"感情真不真,酒里一口闷。

饭局就在我的"咕噜"声中草草收了尾。大辰跟上次一样,把我送到宿舍楼下。"我以后不会打扰你了。"他扔下这句话,头也不回地走了。他是生气还是难过,我不知道。

等我再次看到大辰,是大四拍毕业照那天。我们两个班级都在体育场旁边摆造型,散了后,大家三五成群各自留念。我在人群中看到大辰,他穿着学士服,好像比以前更加成熟,也有点儿说不出来的沧桑。他当时刚被一家世界五百强企业录取。

小风举着单反,喊我过去,要给我们拍照。大辰戳在一边很不自然,我主动上前跟他站在一起。第二天小风把照片送我,还给我一份厚厚的文件夹。是大辰要求转交的,小风让我回去看,并骂了一句:"大辰这傻子!"

我满是疑惑地回到宿舍,打开后,大脑一片空白,蒙了。大辰把我大学四年发表的各种豆腐渣文章全部收集在这儿,就连网上的文字也打印了下来。我看到文件夹首页写着:你一出现,整个世界全是你;你一离开,你成了全世界。

我的眼泪瞬间涌出,宿舍没人,没忍住哭得稀里哗啦。我给大辰发信息,写了删,删了写,最后只留六个字:祝你一路顺风。他回:你也是。

我拿着这沓作品到上海找了首份工作,大辰去了深圳。偶尔他会更新朋友圈,两三个月一条,前段时间看他晒了一张牵手照。我想点赞,又收回了手。

我翻出毕业那天和他的合影,阳光下,大辰分明也在主动靠近我,我们笑得都很好看。

### 3

我在学生时代始终没有谈过恋爱。

遇见过喜欢的人,也被人喜欢过,但没有一次是在对的时间遇到对的人。什么才叫对的时间对的人?我想大概就是我喜欢你,你也刚好喜欢我,而我俩也敢光明正大地走在一起。

爱情是件奇妙的事,不是说喜欢了就能在一起的。我在对的时间遇到错的大辰,在错的时间遇到对的180。我们都没有在一起。但还是要谢谢你们的喜欢,让我的学生时代,也做了回有人追的女同学。也但愿以后,你们的真心,都不再被无情地辜负。

# 我的女同学半牙小姐

/ 苑子豪 /

**1**

我从小到大都是一个按时交作业、吃饭不挑食的好孩子。我发誓我从没做过任何错事，除了早恋。

其实我的初恋发生在初中。初中的时候我学习成绩好，在班里还当班长，那是我人生中身体最圆润的时候，身高和体重第一次在170这个庞大的数字处会合一致。即使这样，我身边的女孩也并不算少，其中跟我最好的是半牙小姐。

半牙小姐是我见过的为数不多的善良女孩之一，之所以叫她半牙小姐，是因为小时候她被玩伴推搡，摔到石头上磕掉了半颗牙，还恰恰是最明显的门牙。

其他人拿这个开她玩笑，说她冬天漏风夏天灌雨，然而我没有，甚至每当听到这些都要冲上去把那些人吓跑。

其实到今天我还记得她爱抄我的作业，每天早上，她在一旁奋笔疾书补作业。也记得每天晚上她都会给我打电话，问我当天留了哪些作业。

每天放学我们都一起回家，因为家离得近，总有一大段同行的时光。那时候我们都骑着小型的电动车，有时候她的车没电了，我就载她同回。我记得，回家路上有一个上下坡的隧道，下坡的时候不用给电，车子就可以飞快地穿过昏暗的隧道。每到这时，我们都爱大叫。

那时候我们一起大声唱着当时很火的孙燕姿的歌，很大声很大声——

"触电般不可思议，像一个奇迹，划过我的生命里，不同于任何意义，你就是绿光，如此的唯一。"

现在再想起那段时光，仿佛倏忽就与我擦肩而过，带着巨大的轰鸣声响，一起倒塌在沉睡在不朽在我一去不复返的年纪里。然后一切就变得陌生起来。

## 2

我没有跟半牙姑娘表白过，牵手也没有，那时候的习惯就是早上一条短信发过去，问哪里见，晚上一条短信发过去，叫她快点儿睡。

半牙姑娘有很大的眼睛和很漂亮的双眼皮，她因此总爱嘲笑我。她是那种典型的平凡的女孩，成绩中等，每天无忧无虑。我在算着一道道难解的数学题的时候，她就在一旁乱叫。

有时候同学都说："你们就是一对嘛。"这时候我都会脸红，然后不好意思地告诉他们别乱讲，半牙姑娘反而会笑，一笑，那半颗门牙就又露出来了。

有一天早上，可能体内激素分泌过多，我竟然给她发过去一条

"宝贝"。我那时还年轻,不懂事,发了以后脸涨得通红。我赶紧删了那条短信,但又知道这样没用,已发送的标记就像刺青。后来她一天没理我,见我就躲。

自此之后,再也没有过亲密的话,我觉得我们都习惯了心照不宣的相处模式,而面对突然的甜蜜,都有些措手不及。时间是世间最快的东西,三年之后,我们毕业了。

中考完那天,我不知道有多开心。我记得那天很热,我和哥哥以最快的速度跑回家里,在路边的报刊亭买了游戏点卡和两瓶冰镇雪碧。回到家里就开始安装被爸妈删掉的游戏,然后打了半个晚上。

临睡前我看手机,发现几个小时前她发来短信:你是不是要走了?

要是现在,我肯定会说:"傻姑娘,我怎么会离开你,我会一直陪在你身边。我会想你,会打电话给你,会约你出来玩,会常去你家找你。"

然而那个时候,我只会说:"是的。"

我要离开你了。我终将离开你。

## 3

一个毕业几乎改变了我的所有,仿佛那次毕业以后,所有人都在一夜间长大了。我不再爱穿自以为非主流的窄腿牛仔裤,而喜欢上了运动品牌;我不再站在讲台上帮老师查迟到的同学,利用职务之便帮好兄弟勾个全勤,而是盯着电脑屏幕,看他们的QQ签名全部改成有关毕业的伤感话语。

那时候我才知道,没有什么是永恒的。

我曾经以为半牙姑娘是我人生中最不可多得的人,然而我们也就是在那个毕业季之后陌生起来的,随着秋冬转换,随着离别到来。

我开始发现她爱化妆、爱逛街,我发现她有了新的朋友和圈子,而开始慢慢远离我了。半牙姑娘,你知道吗?很多时候,我想对你说的都变成了"在做什么"和"晚安"这两句话。而即使是这样简单的话,也没有得到你的回复。

后来我为了所谓的前途去了别的城市,那是我人生中第一次感到无助。我所在的学校是郊区县一中,我要和七个同学挤在一间宿舍里。再后来,我很少回家,听说他们都很好,她也很好。他们通通在一个学校,我最好的朋友们已经拜了兄弟,里面没有我。他们每天出出入入都在一起,一个人挨欺负就会打群架,被打得鼻青脸肿还得喝酒骂几句。她有了男朋友,那个男生我初中时就认识,他们感情不错,听说男生对她很好。

其实这不难想到,我在异地读书,和他们几乎断了来往,我知道这只怪我,在他们需要我的时候,我没出现。

## 4

在另外的城市里,生活有一个目标,那就是大学。那时候我所有的事情都是学习,而这也恰恰成为我转移所有情感痛苦的理由。差不多两个星期,我可以用一次手机。每次都是检查有没有来自半牙小姐的短信,结果都是一样——没有。

难得有一次收到回复,她说:我男朋友不让我跟其他男生联系,所以别给我发短信了,这条也别回我了。

有时候我忍不住联系她,她都会说不方便,千万不要给她发短信,等他不在的时候再回我。我知道她男朋友爱吃醋,所以我总是笑笑,对自己说"没关系"。

我记得很清楚，有一天我在准备月考，坐在床上背着第二天要考的诗词。许久不联系的她一个电话打过来，一下子就哭开了。后来听她断断续续的说辞，我才明白是和她男朋友闹别扭了，她说找不到他，他手机关机，常去的地方也找不到，她急得直哭。

她问我在哪儿，能不能帮她找他。她急得不知道该怎么办，只是潜意识里感觉无助的时候要来找我。她哼哼唧唧挂了电话，我低头就笑了。

你能体会那种感觉吗？她打电话给你，只是想让你帮她找她的男朋友。

那次考试我退步了几十分，写作文第一次也是唯一一次偏题。作文的要求是以"永恒与短暂"为题，写一篇不少于800字的作文。当然，要求里还写了内容思想积极向上。

我开头第一句话就是：哪里来的永恒，世事皆短暂。老师说我思想晦涩，感情阴暗，应该去看看心理医生。那是高中三年她唯一一次联系我，之后再没联系过。

2012年，我如愿以偿考上了北大，上了一档收视率还不错的电视节目，那晚她发来短信，说：我妈夸你变帅了好多。

我握着手机，笑着，久久没有回复。

# 你可曾这么长久而深沉地爱过一个人

/ 佚名 /

  我喜欢他,这说起来是一个有点儿好笑也有点儿尴尬的契机,我忽然就对原本和我只是同学关系的他动心了。那天,我感冒了,在食堂打好了饭菜,找好了位置,就坐在他对面。我忽然打了个喷嚏,他和另一个男生挨着坐,两个人都遭了我那个喷嚏的殃。另外那个男生很嫌恶地把我骂了一通,然后气鼓鼓地走了。他却一边擦脸擦手,一边笑着说没事,说本来今天的菜也不合他的胃口。

  我就那么喜欢上了他。

  后来,翻书的时候,只要看见他名字里的任何一个字,我心里都会痒痒的,像冬天晒着太阳,有暖昧的小窃喜。

  可是,我再喜欢他,也不敢告诉他。

  你有没有很卑微地暗恋过一个人?他是你抬头可以看见的雪和月,是你闭眼可以闻到的风和花。他美艳不可方物,他不染尘俗,他成了你高攀不起的人。

不过，我一直觉得高攀不起也没有关系，暗恋本来就是一个人的独角戏。

临近毕业的时候，我听说他要报考异地大学的研究生，而我家里人则安排我进本地的电视台实习。我们要分开了，虽然我们压根儿也没有在一起过。一次小范围的同学聚会上，微黄的灯光将他的侧脸勾勒得精致而完美，我多么想说，我喜欢他。然而，我喉咙里像塞了铅块似的，嘴巴像被缝住了似的，什么也没说。

那天聚会结束后，他送我回家。其实，他喝多了，而我清醒着，到最后是我先把他送回了家。

"走到他家楼下，他竟然以为自家大楼是我们学校的女生宿舍楼。他张嘴就喊，403寝室，来个人下楼接贾小樱哇！"夜深人静，他声如洪钟。然后一盆冷水泼下来，我们俩都成了落汤鸡。

他只好带我回家把身上的水擦干。我在客厅里坐了一会儿，就歪在沙发上睡着了。他把我抱进卧室，又给我盖被子。我嘴里嘟囔了一句，说冷，他就把手伸过来，握着我的手。

他没有和我有更进一步的身体接触了，也不敢有。十指紧扣，就是他能给予我的，仅有的温暖。

清晨醒来的时候，他的脸和我的脸就隔着一个枕头的距离。他没有醒，我也不喊醒他，就只是贪婪地看着他。我只差一点点就想对他说我喜欢他了，然而，我还是没有。

后来，他真的去了异地读研，我也真的进了电视台，成了一名记者。我所在的栏目组有一次入川采访，正好碰上地震。好多老房子都倒塌了，还有不少人员伤亡。突然，我的手机响了，是他打来的。他说："贾小樱，网上新闻说四川地震了，你是不是在那边做采访？你没事吧？"他噼里啪啦地说着，我都没有插嘴的机会。我眼眶一红，突然哭了起来。

我说我没事，一点儿事都没有，很好，再好不过了。我还想说：呼学，谢谢你关心我。谢谢你，让我那么喜欢你。这两句话我在心里默念了三遍，可是，我还是没有说。

好奇怪啊，我那么喜欢他，喜欢到在知道他要去北京的时候，躲在被窝里哭了半个晚上，而后半个晚上就拿着手机在对话框里输入大段大段的文字，却又大段大段地删掉，最后一个字都没有发给他；喜欢到会因为接到他的电话就激动得打翻了杯子。但是我就是说不出我喜欢他。

后来他有了他的如花美眷，而我还是过着一个人的生活。

我不能再喜欢他了。

我这段经历的意义在哪里？我那么喜欢他，为什么就是不敢告诉他？

为什么连我自己都不知道原因？

你可曾这么长久而深沉地爱过一个人？

# 我就喜欢不那么好的你

/ 周宏翔 /

我和阿喜那一年住在浦东,三十平方米的小房子里,开门是厨房,卧室和客饭厅是连在一起的开间,有个可以晾衣服的小阳台,厕所的莲蓬头总是滴着水。我们在这样的房子里忍受了一年多,现在回想起来,那一年的回忆是葱葱郁郁的夏天,我从花市里搬回来一个花架,那是我买吊兰、薄荷和几盆多肉后,老板折价处理给我的二手货。当时阿喜很惊讶,说,风吹过来,就会有草木的清香。

阿喜会在下班的时候到附近的菜市场买菜,身上永远只带二十来块钱,和几个上海老阿姨砍价,然后为六块钱买了一条鱼而开心。但是烧出来的鱼却有一股煳味儿。

阿喜总是揽下晚餐的活儿,拿手菜永远清一色——西红柿炒蛋、花椰菜、青椒炒肉丝,这三道菜,是我回忆阿喜时记忆最深刻的部分。

我当时说,如果有一天你多做一个菜,我可能会开心很多年。

后来阿喜为了"开发"新菜,照着食谱,弄错了步骤,手忙脚乱差点儿把厨房烧起来。

那时候我很忙,下班回来吃过饭,总是说我来洗碗,但是每次吃饱喝足,我靠在床上,总是三分钟就进入梦乡。早上起来的时候,我的衣服都放在床边,整齐叠好,阿喜已经在厨房煮好了两个蛋。

阿喜帮我给公交卡充值,但是我总是因为睡不醒而不得不打车,阿喜计算过的一个月开销,我总是一个星期就会超支。

后来阿喜去帮我办了一张银行卡,让我每个月往里面存2000元,零存整取,谁取谁是小狗。当时我看着那张卡,站在浦电路的路口"哧哧"地笑。我说,一个月存2000元,一年也就24000元。

阿喜说,一年24000元,还有2000元的利息,多存两年,好歹能攒回家付个首付的钱。

自从工作后,我开始特别不喜欢交朋友,对于社交几乎没有过于热衷的感受。阿喜会带我见见她身边的人,主动把我推向她的朋友。在那个过程中,阿喜总是坐在一边看着我尴尬地和她的朋友打招呼。有一次我为了这件事情和她大吵了一架,阿喜不知道她哪里错了,站在路边委屈地看着我,我走了几步路,见她还在原地发呆,折返回去,说我们回家吧,她就立马破涕为笑。

家里的洗衣机坏了,每次一用,楼下的大叔就会上楼来敲门,让我去他家里帮他拖地。后来我们洗衣服,阿喜总是把水管从下水道里拖出来,用一个桶接着,接满一桶水,她就按一下暂停,提着水去厕所倒掉,再回来,插好管子,按一下启动。因为水一满上来,管子都会浮到水面上,阿喜总是担心这个,就干脆拿只小板凳在边上坐着,用手按着水管不让它动。

我笑阿喜傻,从柜子里拿出一个晾衣服的大夹子,把水管夹在水桶边上。阿喜看着我,说:"你真的好聪明。"我说,人之所以比动物高明,就是会用工具。阿喜听不出我在说她笨,还笑嘻嘻地说,是啊是啊。

阿喜的品位很差,每次逛街,她都不会挑衣服,举着一件三五年前过时的款式,欢快地跑过来问我好不好看,我说不好看,太丑了,她又蹦跳着过去换另一件来给我看。有一次我生日,她从网上帮我买了一个BALLY(巴利)的包,当我打开的时候,顿时笑了出来,我说,我可以五十岁的时候再用,阿喜就兴奋地说,那也挺好的呀。

冬天的时候,阿喜的嘴唇很干,我给她买了一支唇膏,只是为了好玩,我没有买普通的样式,而是蛋状的新款,阿喜觉得很新奇,问我怎么用,我说你嘴唇太干了,要先舔一舔,再涂。结果阿喜就用舌头舔了舔唇膏,我当场笑出声来。

阿喜有脸盲症,总是分不清张震和秦昊,刘亦菲和黄圣依,她会很困惑地问我,为什么他们都长得一个样?后来我放了一段TFBOYS(是北京时代峰峻文化艺术发展有限公司推出的少年偶像组合,由王俊凯、王源和易烊千玺3名成员组成)的歌给她听,她说这三个小孩儿都很可爱,但是不管我说多少遍,她都分不清他们谁是谁。

阿喜问我为什么不写东西了,我说我写不出来了。阿喜把我的书从网上买回来,一字一句勾画着看,看完了,阿喜说:"你写得很好,我觉得你不要上班了,好好写东西。"

我说:"不上班哪儿来钱啊,你养我啊?"

阿喜说:"可以啊,其实养你也不需要很多钱。"

我说:"对哦,西红柿炒蛋、花椰菜、青椒炒肉丝,确实也不需要很多钱。"

阿喜说："你喜欢，我可以一直做给你吃啊。"

以至于后来看《北京遇上西雅图》的时候，汤唯做菜给吴秀波吃，西红柿炒蛋，那个桥段每每让我想起来，就不自觉地想起阿喜。

但是我只当阿喜开玩笑，却根本没有提起笔。

有一天晚上我牙疼，感觉喝口水都会疼出泪来，我打电话给她，她正因为好朋友搬迁在对方家里做客，接到我电话的时候，我嘟嘟囔囔说不出话来，她二话不说就从朋友家里赶了回来，开门见我在地上打滚，就从厨房里拿出一瓶白酒，撒上盐，搅拌了让我喝，我说她要害死我，她说这是老家的偏方，后来牙真的不那么疼了，她又陪我四处去找医院，只是夜里根本没有牙医，来来回回，最后我们只有站在夜风习习的路边看着彼此。

那会儿其实我牙已经不疼了，但还一直捂着嘴。

阿喜说帮我轻轻揉揉，我说："你今晚让我挺感动的。"刚说完，她就激动地用了力，我一叫唤，她就着急，最后差点儿哭出来。

我说："你别哭了，我都是骗你的。"

她看着我，认真地说："你不要为了让我不担心，故意这样说来骗我开心。"

阿喜不知道我真的骗了她，她还这么单纯地想我的好。

跨年的那天，我和阿喜挤在外滩的人群里，一直紧紧牵着手，可是最后还是被人群挤散了。那天晚上，发生了不好的事情，现场乱成了一片，当时我惊慌失措一直叫着她的名字，但是人太多，根本没人能听到我的声音，后来警察来了，人渐渐疏散了，我看见阿喜站在马路对面的路灯下，哭红了双眼，她看见我，号啕大哭，说她刚刚扒开好多人，差一点儿就被踩在下面，她真担心看不见我了，我一下就抱住了她。

可是，我和阿喜最终还是没有在一起。

第二年夏天，我辞职了，不得不离开上海。离开的那天，阿喜帮我收拾好了行李，站在门口，和我说再见。阿喜没有去送我，她含着眼泪，让我一路平安。我坐在出租车里，幻想着阿喜会追过来，挽留我，但是阿喜根本没有出现。直到我上了飞机，我都不敢相信，我和阿喜还是分开了。

离开阿喜之后，我又开始重新写东西，想起阿喜陪伴我的那些点点滴滴，以及她那些不那么好的"缺点"。

那个时候，我每天在微信公众号上写一篇故事，每个故事都是想着和阿喜在上海的点点滴滴而来的。

但是我每次分享到朋友圈里，阿喜一次也没有点过赞，更别说留言了。

有一天，我在一所大学做演讲，有一个小姑娘举手问我，说："你这么优秀，是不是对喜欢的人要求也很高？"当时我说，其实我并没有那么优秀，而且，即使是优秀的人，也不会对喜欢的人要求很高，因为爱情根本不存在势均力敌，恰恰相反的是，我们爱对方的时候，就是爱着对方不好的样子。

如今说起阿喜来，缺点永远比优点多，但是不知道为什么，时间越久，我越是记不住她的那些优点，反而心心念念着她的缺点。

当我写完这个故事的时候，突然想对阿喜说，笨拙傻愣的你，我喜欢。毫无斗志的你，我也喜欢。感觉迟钝的你，我也喜欢。即使厨艺总是黔驴技穷，我还是一样喜欢。

或许爱情就是把自己完全的爱交给不完全的人，所以正是因为你的不美好，让我觉得那么喜欢你。

# 暗恋你是我这辈子最美好的事情

/ 四毛 /

16岁的时候,他梳莫西干头,喜欢看古惑仔,并像大哥陈浩南一样,在学校收了一群小弟,很是有几分威望。一个初冬的下午,他逃了课在校外游荡,被隔壁技校的一群混混儿看到。他暗暗骂了一句脏话,心想,自己的兄弟正巧不在,今天怕是要见血了。

可是没有。就在混混儿们逐步逼近的时候,她骑着摩托车停在他的身边,让他上车。

他回头,看见穿白色棉衣的年轻女子对他笑说:"大白天的,穿着校服,怎么不好好待在学校上课?"

她声音轻柔,笑容明净,初冬的阳光将她白皙的皮肤染上一层淡金。

他觉得很奇怪,因为自己压根儿不认识她。更奇怪的是,他鬼使神差地上了她的摩托车。

再次见到她,是在一周后,彼时她站在讲台上,笑意盈盈地作为新班主任介绍自己——他所在的这个班,是学校里有名的老鼠窝,女生只知道化妆打扮,男生个个是学校里横行的霸王,而他就是那只领头羊。就在不久前,他领头气走了最后一个班主任,自此学校里再没老师愿意来接这个烫手山芋。

她刚进学校,人事不知,懵懵懂懂就被领导推进了"火坑"。

可是对她,他却做不出任何恶作剧了。他告诉自己,因为她曾经也算是救了一次自己,当大哥嘛,好歹也要讲江湖义气。

没想到,过了一阵,怂恿他做恶作剧的同学,便全体倒戈,偃旗息鼓了。

因为,在一群古板枯燥的女老师中,只有她永远挂着温和的笑容;当全校都对他们班横眉冷对不屑一顾时,她仍带着全班气势雄壮地走过升旗台,似乎把他们当成最大的骄傲;找她说话的学生哪怕成绩再差,她都会用含笑的目光看向对方。她在课堂上讲文学,那些古诗词从她嘴里出来,如涓涓细流,温柔婉转,一群从不学习的孩子,个个如痴如醉地盯着她。

他也一样。

但不同的是,他看向她的每一秒,都在期待她的目光,能落到自己身上。

她像一股清新的晨风,吹散了这群公认差生的阴霾。女生们下课和她聊服装和星座,男生们围着她开些无伤大雅的玩笑,他一向能说会道,总是故意说些吊儿郎当的笑话,引得众人哈哈大笑,当他看到她也被自己逗乐时,心里就会泛起一丝难以抑制的欣喜。她的名字里有个"雅"字,大家叫她雅姐。他也跟着喊,雅姐,雅姐,声音总是最大的那个。

有一天下午,他和班上的男生在操场上打篮球,突然听到她叫了自己的名字,他一回头,看见正从操场路过的她笑着对他说,篮球打得不错,很帅噢。他瞬间觉得甜蜜漫过心尖。

也是从那段时间起,他看金庸小说,想的不再是什么盖世英雄,剑影刀光。他看到小说里杨过感叹,十年生死两茫茫,不思量,自难忘,又望一眼讲台上的她,终于明白,如果杨过没有遇到小龙女,那他永远不会成为一个铁骨柔情的真正的大侠。

他真的收敛了很多,旷课、迟到、打架,统统成为过去,有那么几分金盆洗手的意思。可是,和技校混混儿的仇怨不是一天两天,收到对方的挑战书时,他还是带着一帮兄弟去迎战了。在那种热血的年纪,这叫作为男子汉的光荣而战。

没想到对方这次是有备而来,他自己做掩护,让兄弟逃跑,打完架,他带着满身的伤和血,不知道该去哪儿。

他打了她的电话。

她很快就来接他了,看到他的样子,又震惊又担忧。用摩托车载他去医院的路上,她一句话也不说,他为了打破僵住的气氛故意说些逗乐的话,后视镜中她的表情却始终阴沉。他有点儿后悔自己破坏了她本该清闲的周末。

她带他去医院上药,医生说额头得缝两针,最好还是检查一下有没有脑震荡。她一听,眼睛就红了,用严肃的语气教育他再怎么也不能去打架。

缝针的时候,医生偷偷地对他笑说:"你看你姐姐多关心你,可别打架了,你看她都急哭了。"

她居然哭了,是为自己而哭。

那一刻,他心里又甜蜜,又愧疚,又高兴,又哀伤,说不出来是什么滋味。

她的眼泪让他坚信,自己在她心里有着凌驾于他人的地位。小龙女用了十六年,终于等到杨过来找她。而他希望她也能等他,高考结束，大学毕业，不会太久的，到时候他也一定会来找她。

学校组办校篮球赛，之前没有哪个班主任有心情管这个，可她不仅鼓励全班积极参加，让他当队长组一支篮球队，自己带着女生成立啦啦队，他穿着球衣，在篮球场上身姿矫健，女生们不断欢呼尖叫，齐声喊着他的名字。她端坐在一群女生当中，安静地微笑。每次打球的间隙，他都在人群中努力搜寻她的位置。他使出浑身解数，只是为了投一个漂亮的三分球，让她看见。

如果你也做过这样的事，那你曾经一定也是一个青葱少年。

比赛那天，他们班夺得全校第一，所有人都在操场上扔东西，欢呼雀跃，大家都喊着"雅姐，雅姐"，激动地抢着和她拥抱。轮到他时，他极力忍住慌张，故作轻松地耍酷道："雅姐，刚才在球场上，我帅吧？"

她不语，笑着向他走近，主动张开双臂拥抱他。

她头发上的香气，像微风一样轻轻掠过他的鼻尖。这个象征性的拥抱不超过三秒，可是此后他的心脏却剧烈跳动了一整天。

因为她，时间都变得轻巧悠扬。转眼就到了高三，她找班上每一个人谈话，轮到他时，她毫不吝啬地夸他聪明有潜力，说自己最看好的就是他。

于是，在做题奋斗时，他就把自己想成了冷兵器时代勇猛无畏的骑士，高考是最后一道险阻，她是城堡里被围困的公主，只要跨过高考，他就能骑着汗血宝马，前来找她。

高三的寒假，他每天学习完后唯一的休闲，就是去她家附近四处游荡。有那么几次，他真的碰见了她，她看起来像是笼罩了一层幸福恬淡的柔光。

直到那一天。

她穿着白色棉衣，和第一次见到她时差不多的样子，手臂挽着一个男人，男人推着推车，她时而把头搭在男人的肩上撒娇，一副小鸟依人的样子，而不再是平日里的亲切大姐姐的模样。你人生中，是什么时候第一次喝得酩酊大醉？又是什么时候第一次想要痛哭流涕？对他而言，这两个第一次，都发生在那一天。

再次开学后，高考倒计时已被高高挂起。她不再回家，而是住在学校的单身公寓，陪着他们这帮孩子共同进退。他的成绩突飞猛进，有一天她把他叫到办公室，惊喜地告诉他，说年级主任在尖子班给他留了一个名额。

他拒绝了，直白地表示不屑。她注意到他疲倦的神态，还关切地让他劳逸结合，注意休息。他好想告诉她，这疲倦，并不是因为学习压力呀。

不管他的心历经了怎样的沉沉浮浮，高考俨然越来越近了。她的头发变长，被扎成一束清爽的马尾，和班上那些努力读书的女生一样。每天放学后她的办公室都人满为患，挤满了问问题的学生。他怕太晚了食堂会关门，便早早买好饭，趁人多时偷偷放在她办公室的窗台上。

南方的夏季湿热漫长，她某次上课时无意透露公寓靠近小树林，学校小店的蚊香大概是盗版，害她天天造福蚊子。他偷偷记住。当天他就逃课打车去附近最大的超市选了十几种不同的驱蚊产品，装满整个箱子，趁午休时间放在她的宿舍外面。

第二天她在班上说，不知道是哪位同学这么关心老师，送了这么多蚊香，这下用到明年也用不完了。

他紧张地握了握拳头，看着讲台上笑眯眯的她，既希望她猜出是他，又希望她永远不知道。

这种隐秘、曲折、青涩、矛盾的少年情怀，在他这一生中，只有这一次，所以才弥足珍贵，所以才难以忘怀。这些，都是他后来才懂得的。

那么，后来的后来呢？

再没有后来了，他走进高考考场，他被名校录取，他离开城市去了遥远的远方。他恋爱、毕业、工作、创业、结婚，有了小孩儿。他在这混浊人世清醒地活，平凡地幸福，认真地向上。

高三那年的暑假，她在举办婚礼的前一个月意外去世。他去了她的灵堂，黑白照上的她仍旧素净淡雅，那时她28岁。从此以后的每一天，无论他是18岁、28岁、38岁，还是48岁，她都将永远28岁。

十年生死两茫茫，不思量，自难忘。他28岁那年想起她的时候，心想，原来"十年生死两茫茫"，说的是这个意思呀。

骑士赶来了，公主却不见了。他的青春在那一天终结，他将永远怀念她。

# 记忆中的一位少女

/ 洪烛 /

    记忆中的一位少女，姓张，长相很不错，性格以文静为主，某些场合也极活泼。她住城南一带的老式居民区，因而某一段时间和我是邻居。

    我们在一所中学读书，我比她高一个年级。上学和放学我们常在同一条街道相遇，却不说话，都知道有对方这么个人，都不敢抬头看对方眼睛。一般情况下她比我早出发几分钟，背红色双肩书包，披肩长发，从布满小百货店、水果摊的人行道上穿过很精神。我步子快，没走多远就快赶上她了，她若走街的左边，我则改走右边。我为什么要这样做，自己不知道。反正她也不知道。

    这位姓张的女孩升入高中后，模样出落得更漂亮了。其实她并没怎么打扮，她是个好学生，心思都用在功课上，但一出现在校园里还是吸引好多目光。

    有一天晚上，她那身材粗壮的父亲表情严肃地领着她来我家，通过我父母找我，一进门就用豪爽的大嗓门说："我要请你儿子帮个忙。"原来，常有些邻近学校的小痞子给她写情书，约她放学后在校门口或某公园会面，有的甚至在路上拦截她，要和她交朋友。她父亲每天很忙，无法接送她，就托付我："既然你们在同一所学校，上学和放学就搭个伴一起走吧。"我连说"可以可以"。她这时才从父亲高大的身影后面抬起低垂的眼睛，客气地冲我笑一下。

第二天一早，她准时敲我家的门。我让她进屋坐一下，等我收拾好书包。她不进，说就在院子里站着。我刚出门，她就递过一把彩色玻璃纸包的水果糖，说是她妈妈星期天来看她时捎的。我剥了一颗含在嘴里，甜丝丝的，不知为什么心忽然变得很软。以前我们从没说过话，我以为她是冷傲的，转眼之间仿佛就变成很熟悉的朋友。

吃第三颗糖时我才想起，从来没见过她妈妈，我只对她那个严厉的父亲有印象。我脱口而出："我怎么没见过你妈妈？"她迟疑好半天，才回答："我爸爸妈妈五年前就离婚了。"然后我们就不再说话，保持着一条手臂长的距离走路，我左顾右盼，百无聊赖地数过往的车辆，她低垂着眼帘，盯自己的鞋面——那是一双红白花格的布鞋。

她背着洗得干干净净的红书包走在我的右边，我仿佛一伸手就能够得着她，然而我们中间，永远保持着一条手臂长短的距离——足够面目模糊的岁月侧着身子穿过。她喜欢边走路边用指尖摇一圈钥匙串，今天夜里，我耳畔又响起那金属碰撞的清脆响声。她气质中有一种与其年龄不相称的忧郁，水雾般弥漫了我。那时我也才18岁，却深深为她身上那种罕见而高贵的忧郁所感染，我想假如有某种厄运伴随刺耳的刹车声向她袭来，我也会用胸膛护住她的。

有将近两年时间我们几乎每天都同路，却并没有过太多的交谈。我们还都处于在异性伙伴面前不善于寻找话题的年龄。有一天放学，她做值日做得特别晚，在校园里等她的时候，我便拿出口琴来吹，口琴在当时早已落伍了，所以虽然我热爱这种乐器，但因为怕人说笑，也只是在没人的黄昏才敢尽情地吹奏。不知过了多久，我忽然发现她已经坐在我的身后，侧着脑袋看我，微笑着。她看看周围没有人，便以出奇的活泼小声对我说："我唱支歌给你听吧。"她唱得很动听。

我为她打过一生中唯一的一次架。那是一个行人稀少的黄昏，我们刚出校门，就被几个跨坐在自行车上的外校留级生挡住去路，他们用车轮隔开我和她，带头的那个歪戴鸭舌帽的高个子催我走开："没你什么事了。我要跟她说几句话。"我并不是个勇敢的男孩，我甚至有点儿害怕，但固执地站在原地不动。拳头向我飞来了，我那不争气的鼻子便流血了，她惊叫着去喊守门的校工。我迫切地想寻找一件武器，便退到墙脚拾起一块半截砖，冲回来的时候，那几辆自行车一溜烟地跑了。她和喊来的校工扶住我，她掏出绣花手帕为我擦血。那一瞬间我觉得自己真狼狈，觉得世界上最尴尬的事就是在自己喜欢的姑娘面前挨打了。为了显示带有虚荣心性质的勇敢，我恶狠狠地把手提的砖头砸在树上。

回到家，她一定要打水给我洗脸。我脾气挺大，像大丈夫一样粗声粗气把她赶走了。她的脸上写满歉意，眼泪都快流出来了。我独自洗完脸，又洗她那条绣花手帕，实在洗不干净，也就打消了明天还给她的念头。

从第二天开始，我书包的夹层便多了把老虎钳子。没敢让她知道，我渴望能再有一次机会，挽回那天在她面前受损伤的尊严。可再没有什么小痞子来拦我们的路——倒不是因为我陪她同路，而是他们多少也知道她有个挺厉害的父亲。直到今天我还为此感到小小的遗憾。

半年以后，她那在武汉的母亲便接她去外地了，临转学前她在小纸片上给我留了个通信地址："你有空可要给我写信哟。"我也庄严地答应："会写的，会写的。"然而一星期后我就把那小字条抛进风中了，说不清为什么，我心里挺难过的。那时候的我就有强烈的预感：我估计再也见不到她了。

十多年过去，我更换了好几个生存的城市，事实证明我那时的预感非常正确。

我又习惯了一个人走那条电影布景似的老街道。我又习惯了一个人吹口哨、想心事。我重新习惯了少年维特式的孤独。我甚至很简单地忘掉她——就像从没有过那两年和一位少女结伴同路的时光。

# 找你喜欢的女孩子说句话

/ 调调 /

今天刷微博的时候,突然看到一个被我悄悄关注的人发了一条微博,上面写着——

早上不要随便找喜欢的人聊天,因为她的态度决定了你今天一整天的心情;

中午不要随便找喜欢的人聊天,因为她的态度决定了你中午吃不吃得下饭;

晚上不要随便找喜欢的人聊天,因为她的态度决定你能不能睡得着。

结论:不要随便找她。

说实话,看到这条微博的一刹那,我愣了一下。

发微博的这个男孩子……不,现在估计应该称呼他为男人了,是我曾经的男神。犹记得那时候我不过十六七岁的年纪,坐在他的后座,默默地当一个半差生。

在那个还不太看脸的年代,我们都信奉知识就是力量,我的男神他虽然长得不那么帅,却依旧十分美好干净,最重要的是,每一次我问他题目,都能得到十分详细的解答。

也因为这样,我那个学期分外努力,每天早早地来到学校,晚晚地归家,这样,就能多见他一段时间。

如果幸运,我还能多问他一道题。

他总是十分羞涩,每当给我讲完题目之后,回过头去,我都能从后面看到他洁白的耳朵泛起美好的粉红色。

如果我偶尔想调皮些,戳戳他的后背夸上他一句:"周同学,我觉得你好厉害啊!"

那耳朵就会变得红彤彤的,同时还会传来他听起来明显比较紧张的声音:"也……也没有多厉害啦!"

我就会"咯咯"地笑。

我最美好的青春岁月,都曾在这样仰望他中静悄悄地度过。

直到毕业,我那依旧不能算是优秀的成绩突然让我意识到我可能要和他走向完全不同的学校,我觉得我应该做点儿什么。

然而在那个年代,女生依旧是非常矜持、羞涩的。就算我敢天天问他题目,也不敢问出"周同学,你喜不喜欢我"这样的话。

80后女孩子的青春保守得可怕,可是我依然鼓足了勇气,将他约到了小树林。

哦!悸动的青春!

哦!暧昧的树林!

他只要不傻,就应该跟我说点儿什么呀……

只要他问出那一句话,我就会勇敢地……

在那个树林里,我期待地看着他。我想,那时候我的眼神一定很热切,带着明显的渴望。

因为他的脸，前所未有地红。

我们在树林里沉默地待了一个下午。

我的眼神从热切到失望，到羞耻难当。他依旧是红着脸，没有开口。

我想，他不喜欢我。

我难受地度过了整个暑假和大一的时光。

直到另一个男孩子出现在我的生命中，勇敢地在许多人面前摆了一排蜡烛，唱着情歌跟我表白，我才从那种难受中摆脱出来。

我想，我的人生跟他再无交集。

直到有一天，我偶然发现了他的博客。

我一点开，感觉心都碎了。

整整高中三年，他写的人都是我，那里面满满的都是喜欢。

可是他不敢开口。

多年过去，他喜欢上了另一个女孩，他从男孩变成了男人，但他依旧不敢开口。

我站在电脑前，惨然大笑。

我在青春时期，爱上了一个胆小鬼。

我希望，看到这篇文章的男孩子，年轻的时候，都不要做一个胆小鬼。

# 情书不包邮，情浓已超重

 第二章

# 遗失男友一名

/Cigaly/

最亲爱的老程：

想了无数个版本的开头，最后还是决定坦然告诉你，写信给你，是因为我很想你。

起因是上周回家乡，我一个人去看了梁静茹的演唱会，大概开场一个小时后，她唱到了那首当年我们最喜欢的《会呼吸的痛》。旋律一响起，我就激动地挥舞荧光棒跟着哼，副歌的时候情绪暗暗上涌，直到唱到最后那一句："你回来就好了，能重来就好了。"我像只泄了气的皮球一样滑到椅子上，在一片荧光海中号啕大哭。

别怪我矫情，就算养只猫狗走失了都寝食难安，更何况是爱了七年的大活人。老程，我不打扰你，只想像个老朋友一样和你叙叙旧。

这两年来，我在微信搜索里搜过你的手机号至少几百次，你可真吝啬，头像万年不变都是那只小猫咪，没有签名，只有地址从辽宁大连换到了法国南特，朋友圈不对陌生人可见，无法揣测你的近况，挺挫败的，曾经最亲密的人现在只能以这种方式关注。说实话，你走的这两年，我也没那么情深意长，似是而非谈过两个男朋友，白天上课，偶尔和朋友逛街吃饭喝酒，日子还算滋润，只是偶尔起床的时候有些困难，又是没有你的一天啊。

记忆终究会淡薄，可改掉习惯太难了，哪怕明知是坏习惯，否则哪来那么多老烟枪和酒鬼。从高一到大四，我们手拉手度过了整个青春岁月，是爱人，是朋友，更是家人。刚分开的时候，我的朋友甚至父母，轮番电话轰炸，劝我再好好想想，别那么轻易松开彼此的手。是啊，我们多不容易，高中的时候老师和父母围追堵截，威逼利诱，打了三年的游击战。报志愿的时候，在教学楼旁的小凉亭里，对着二百多页的志愿书和百度地图，一所一所学校对比，管它211、985，我们只想要最近的距离，去最远的未来。

结果你的学校在市郊的分校区，离市内三个小时，也算是异地了，现在回想起来，却是忍不住嘴角上扬。你有严重洁癖，从小到大从不乘公交，甚至抗拒坐的士，这样的你，却为了我挤了一年的公交，建设路的直达大巴年久失修，"嘎吱嘎吱"响个不停，车内气味也不大好，你像绝命毒师一样全副武装，怎么也不肯让我去看你，生怕我这个大路痴出意外。被你捧在手心里这样爱过，往后的凄冷寒夜才没那么难熬。

来北京之后，见过了太多的饮食男女，猜来算去，唯独把爱情摆在了次要的位置。在爱情里，比较真是一件很不公平的事，可我还是忍不住，后来的人再怎么好，都到不了心坎里，怎么看都比带着客气温柔的你差了太多真心。

有一次朋友喝高了，指着我的鼻子说，你们那么相爱，还分个屁呀！问得我也迷惑，这世界上最想长长久久的大概就是我们了。

我们很早就看中了学校附近的万科城，爸妈交首付，剩下的我们慢慢还，还决定毕业第二年就买辆沃尔沃，你天天送我上班，29岁生小孩儿，我们几乎设想好了所有的未来，现实又安稳，根本没把分手设定为可能发生的事件。

可还是没跨过七年之痒，我猜你和我一样遗憾，遗憾毕业照不是我们的结婚照。2013年夏天，我保研R大，而你又接到法国大学的offer（录取通知书），计划再怎么好，也比不上闪闪发光的通知书。你知道的，我从小就是胆小鬼，难做的题直接跳过，伤心的情节直接换台，身边异地恋分手的坏示范太多了，于是我坚持分手，我害怕隔着屏幕不能拥抱的煎熬。其实也怪你，这些年几乎替我打理好了生活的一切，照顾得太好了，让我慢慢任性到不肯做一点点让步。真讨厌当初的自己，大吵大闹，把你为难成那个样子。

老程，我一直无法定义我们已经分开，也许真的是错误的时间遇到对的人。难怪沈复在《浮生六记》中告诫后世夫妻不可相仇，也不要过分情笃，以免乐极生悲。

下次路过篮球场，我一定不会替你捡球，你也不要问我的名字和班级，我们等到23岁再相遇，你从法国学成归来，我们在机场相遇，一见钟情，我会偶尔吃你初恋的醋，和你吵吵闹闹到白头。

Cigaly<br>2015年11月3日

# 那些永远不知道的事,刻着"我爱你"

/ 六陆 /

科小比:

躲了一辈子的雨会不会难过?你能不能偶尔也珍惜一下我?你不知道的事情有很多,至少你不知道我喜欢你。

你永远也不会知道,我为了去校队当一个后勤经理而放弃了去新加坡当一年交换生的机会,为此我整整和我妈理论了五天,被封锁了经济,又找辅导员写了检讨,道了歉。

折腾了一个多星期才算尘埃落定,所以我是在认识你两周后才跑去参加了校队。

你永远也不会知道,你胳膊摔断的时候,每天晚上,我都会给一个队员打电话,央求队员陪你去医院检查,帮你拿东西,打下手,而第二天中午我会请那位队员吃饭,每次挂电话前,我都要叮嘱:"哥们儿,可千万不要告诉他。"

你永远也不会知道,我买了煲汤锅在寝室煲汤,每碗骨头汤都是我在寝室熬了12个小时的成果，熬到骨头都酥了，我才会带过去给食堂的阿姨，让阿姨放在科小比的餐盘里，为此我还给食堂的阿姨买了两箱子苹果。

你永远也不会知道，我给每个人每天都发天气预报，叮嘱穿衣是因为那次天气降温，你突然感冒，流着鼻涕在训练中心抱怨说自己身体不好，每逢天气变化一定生病，又想不起来看天气预报时，恰好被我听到。

你永远也不会知道，学校根本没有给发什么三套球衣的经费，只不过一人一套，可科比在职业联赛里有三个号码，我自己拿了钱给所有的队员每人加了两套球衣，就怕给你一个人三套，你不会要。而你的每套球衣腰部的内侧，我都缝了一个葡萄。

你永远也不会知道，因为没去新加坡交换学习而被封锁了经济的我，把自己身上所有的钱都用来请陪你去医务室的队员吃午饭，买骨头熬汤，定做球衣。我吃了整整四箱子泡面，连过节时回家的车票都是朋友给我买的。

本打算在你毕业的时候，告诉你这一切，谢谢你让我的心沸腾过，虽然你从来没有走近。我不是没有想过主动追求，可我也知道你有女友，我告诉自己要克制，别让你两难，只不过是想在你身边罢了。

但现在有别的女孩出现，她比我大胆，每次我看见她过来，都想拉着你的手说，我是他女友。可我不是，你的女友在中国的另一头。你知道吗？

我刚发现吃不到的醋是最酸的，先动情的人是最惨的，我连吃醋的资格都没有。

所以我现在告诉你那些你不知道的事，想问你，愿不愿意和我试一试？

科小比永远也不会知道那封落在训练室的情书,是葡萄写的,葡萄写错了一个字,而在另外一张纸上重新写了那封情书。

科小比看到的是一篇被遗弃的不完整版:"躲了一辈子的雨会不会难过?你能不能偶尔也珍惜一下我?"

重新写的那封永远也不会送出去,已经跟着葡萄烂掉的心,碎了。

这个世界上有那么多你不知道的事,你不知道为了放在你面前的那两张演唱会门票,她一个月不舍得打一次出租车,没买过一件大衣;你不知道你早上随口喝进的那杯豆浆,她需要早起一个小时排队等候,一路握在胸口;你不知道深夜装作陪你若无其事地聊天的她,早已熬红了眼睛,那些你不知道的事,其实都刻着"我爱你"这三个字。

# 南方南，唯祝好

/ 一枚如果 /

亲爱的M：

你去的那所城市，一定有许多鸟吧。千里莺啼，这时候的江南，一定还红绿相映。

你曾经时常在学校值班加班，是否观察过，没有学生的校园里，鸟就是调皮的孩子。

现在，M，是秋天了，鸟竟比暑假时还多。夏天的时候，你还没有决定去南方，时时在学校里忙碌。总觉得，我们同在一所校园里就离你特别近。走过广场，我会看一眼你办公室的窗子，它让我觉得亲切。

让我再为你描述这个校园秋天的模样。你只在这里待了四年，忙碌，或许还迷惘。你像一只惧怕寒冷的鸟，始终向往着南方。虽然那个冬天，当我偎进你怀抱里时，你还说自己不怕冷。最终，你还是去了你要去的地方。

十月下旬，气候尚暖，女生们还穿裙装。楼后的合欢已经偃旗息鼓，像梦一样轻盈的叶子，干枯萎缩。长长的豆荚披挂枝上。有几只乌鸫蹿上跳下，这是一种挺俗气的鸟儿，浑身乌黑，只有嘴巴是一点鲜艳的橙色。动作慌里慌张，时常在路面上小跑。枝上还蹲着啄木鸟，头部有纷披的冠羽，很好看。与鸫鸟比，它沉静许多，默默观望一会儿，张开翅膀起飞，翅尖上的白色很显眼。飞的速度不快，离墙很近才堪堪转个身。我都替它着急。

有两只极小的雀鸟，像两粒发射出来的小枪子儿，从一边弹到另一边，迅速交错停顿，猛地一触，又互相弹开，再向另一个方向冲去。两只鸟总不差半米的距离，偶尔"叽"地叫一声。迅速地向远处飞去，在雾霾之中，就再也看不见了。

它们是什么关系呢？恋人？或者是淘气的玩伴？一只鸟，能在群体里头有一只相知的鸟，是件很幸福的事儿吧？

我特别想知道，这些飞翔在校园里的鸟，平时都躲在哪里。它们有翅膀可凭，看到喜欢的地方，就落下去。但是，鸟儿也不愿意总是流浪，要找一个固定的地方安排好巢窠，即使没有巢，一根固定熟识的树枝，是不是也好呢？

M，你多像鸟儿呀，又一次择选了自己要栖居的枝木，我很羡慕，但我不打算飞走。况且，你的窠里，早已有了另一只可爱的鸟儿。

以前在宿舍里值班，搭救过一只鸟。在洗手池附近挣扎了许久，它找不着刚才容它进入的小小缝隙，只能一次次扑打在玻璃上。地上有零落的羽毛，尾羽所剩无几。我猛地握住它，身体是温热的，一颗小心脏跳得急促慌乱。我把它放在窗台上，它回头看了我一眼，振翅飞走。而我一直担心，少了尾羽的它，能飞多远呢？

更早以前，我还在另一所学校上班，也是周末，我被竹篁里鸟声的啁啾震撼。它们叫得那么放肆坦然，明白此身此地的安全。

　　M，其实，你与我是多么不同。你的眼里，都是实际可用之物：工作、比赛、课题、荣誉……你亲见过一朵花的开放吗？你愿意停下来听一听鸟的鸣叫吗？或许，到了南方，这样务实的毛病可以被医治好，光风霁月花香水影里，你可以放慢脚步，静静欣赏。家乡每年四季都是差不多的光景，我说或者不说，你都会记得。南方南，唯祝好。我对鸟儿说了，或许，会有一只江北的鸟，飞去江南，转告于你。

## 我喜欢你叫我"少女"时的温柔

/ 惟念 /

初冬的夜晚,你约我吃夜宵。人迹寥寥的街上,我们"嘶嘶"地倒吸冷气。

"喂,少女,过马路的时候要专心!"你猛地拽住我,下一秒冰冷的手心里透出一股暖意。

冷风穿城而过,我们在一间米粉店坐下,凑在一起讲起白日里的种种。心急的你一直催店老板快点儿做热汤,我就在一旁盯着你好看的眉眼发呆,想着这样子单纯的美好还可以维持多久,毕竟你知道我要走。

趁着你低头接电话的空当,我靠着椅背回忆起初相识的往昔。

第一次跟你说话是45天前,我从一段浅浅的午睡中醒来,惺忪着睡眼揉着发涨的脑袋,腿上的麻感让我刚想站起来便趔趄了一下,眼疾手快的你立马侧身拉住我,弯弯笑着的眼睛像是深邃夜空中悬挂的明月。

"冬天不盖东西睡午觉，会感冒哦！"你用像是哄孩子的语气，扶我坐定后，温柔说道。

如果没有你主动迈出的第一步，我一定不敢向你吐露心迹。

那个日月同时挂在天边的傍晚，我们晃着慢悠悠的步伐，去肯德基吃晚餐。你体贴地端来饭盘，看着我大口喝可乐，嘲笑我没吃相。

两个幼稚的人心满意足地挺着鼓鼓的肚子回学校，在走上楼梯的前一秒，你毫无预兆地勾住我的小指，小声唱了一句有什么办法让两个人不分离。

我被你突如其来的情绪感染，转头定定地看你，两个人目光交会，良久沉默，不知道该做些什么来缓解这份尴尬。最后还是你聪明，扯扯我卷起的衣袖，说上课要迟到啦。

老实说，我的心房因为布满时光的脚印而日益粗糙，忙碌的工作学习让我的生活枯燥乏味得像一瓣被榨干汁液的橙子，我已经好久没有体验这样的轻松愉悦了。所以在面对你来势汹汹的攻势时，我轻易就缴械投降，甘愿沉沦在爱的海洋。

生活里的许多际遇都暗含命运的旨意，它让人捉摸不透让人看不清楚，比如在你出现之前，我已经着手准备换一座城市生活，甚至开始处理旧物酝酿辞呈，可是你这份柔情让我贪恋，让我像一团橡胶，牢牢粘在树干不肯离开。

为了和你说清楚，我特意约你去唱歌，直截了当问你是跟我去远方还是选择留下。

你没有正面回答我，以更像是过来人的口吻劝我醒来，别再一腔痴心以为到了远方就能真的改变些什么。

可我从来都是倔强的坏姑娘，但凡下了决心的事，一定不再更改。

所以那天的谈话最后不欢而散，我们因为意见无法达成一致而各自起身离开，留下满包厢流转的歌声无人欣赏。

那之后，我们有过短暂的僵持，原本契合无比的两个人，就因为即将蜿蜒至不同方向，而生分得像多说一句话都显得多余。

主动来求和的人是你，两个人同时晚归的工作日，你发微信过来，淡蓝色的界面上只有一句话——本帅哥决定等会儿请你吃煲仔饭。连日来伪装的冷漠和无所谓在你这句话里瞬间瓦解，我想着要矜持要拒绝，可是指尖已经打出"好呀好呀"发出去。

积攒的矛盾像是凭空消失一般，我们不再提起近在咫尺的别离，也不再干涉彼此的选择，满心想着的都是在有限的时间内，多做些让对方开心的事。

"喂，少女，趁热吃啦！"你捏捏我的下巴，把我从一帧帧往事片段里拉出来，隔着热气腾腾的汤碗，我忽然鼻头一酸，忍不住想哭。

村上春树说，这个世界就像森林，迷失的已经迷失了，相逢的会再相逢。

"从长远来看，我们的人生是一条曲线，所以交会的点肯定不止一个。"

你听了我的话，想了想后点点头，动作轻柔地擦掉了我没克制住的泪珠。

没讲完的故事就留成心头的刺青吧，好在起风的夜里，供我取暖。

## 毕竟暗恋是我最擅长的事

/ 佚名 /

亲爱的学长大人：

被我神不知鬼不觉暗恋了两年的学长，你好。

首先，祝贺你高考考得挺好。其次，请给我个机会让我说一说暗恋你的事儿。

你听到这个消息一定会惊讶到露出粉色扁桃体，因为在你眼里，我大概是个对你不算多友好，也不算多疏离的小学妹，一个和你的生活无关的人。

你总说我高冷，现在我要澄清一下，我见到喜欢的人就会紧张，会不知道说什么好，会想瞬间将自己变成透明的再默默注视你走近又远去。每每在校园里见到你，我都会不自信地拍拍刘海，推推眼镜，轻轻拽一下白衬衫。即使我为了保持在你眼里根本没有的形象每天都洗刘海，即使我天天把眼镜擦得锃亮，即使白衬衫是两天一换的。

一见钟情这件事很俗气，但它确实在两年前那个充斥着盛夏的汗水和想家的泪水的晚自习课间里发生在了我身上。

我惊喜地发现我们不同楼但同层，发现你抱着英语作业走向办公室。"我最擅长的也是英语耶！"从此每天早自习结束我都会拉着闺密躲在柱子后面，看着你的大长腿晃晃悠悠迈进办公楼……

从此，我在社交网络上发动态的终极目标就是得到你的一个"赞"，新年收到你的语音回复，我没出息地翻来覆去听了好几天。

我们有节体育课下课的时间正好是你上课的时间，于是每到下课我就小心翼翼地往教学楼走，生怕走得太快你还没下楼，错过你那张逆着阳光的少年力满满的脸。

就像米兰·昆德拉笔下的偏执少女从八岁起幻想未来的丈夫牵着自己的手然后安然入睡一样，在失眠的夜晚，我想象着在那个和你商量社团活动的晚自习淡淡地说出我喜欢你；想象着六月你要离开，我终于能在网球场旁那片翠绿的见证下倾吐真心。然而最后我只是写下了一张明信片给你。之前酝酿的自言自语都凝结成一句：山有木兮木有枝。你曾经用它做过个性签名，一定知道下句是什么。最后的最后，高三教学楼人去楼空，那张明信片也永远地躲藏了起来。

"心悦君兮君不知"，是我留给青春的第一段落的结尾。

闺密听完这个"很鸵鸟"的故事后，问我为什么不现在向你告白。天南海北神州大地，恐怕一生难再见，面对面的尴尬恰得化解。

对鸵鸟少女来说，这可是个合适的时机。

但是，我喜欢你，更喜欢暗恋啊。

与其向你说出一切再静候事态发展，不如把你藏进空气，让我可以继续做着"我喜欢的人也喜欢我"的白日梦。

　　我喜欢你，可我更喜欢自己幻想出来的完美的你。也许你只是我借用了一个外形去幻想的不存在的美好。对你本身所知不多的我，用你曾说过的只言片语，用你所留给周围人的印象，构造出了一个无法实现的梦幻，一个我所期待的完美的人。

　　然后啊，努力让自己做一个值得与你同行的人。

　　设想美好，追求美好，成为美好。

　　这不就是暗恋的精髓所在？

顺祝未来快乐

你的鸵鸟学妹

# 15岁的暗恋

/ 夏雨珊 /

莫展晨：

  在我连绵的记忆里，不知从什么时候开始，只剩下了初见的那一幕了。你刷卡结账的动作有点儿漫不经心，又有着咬牙切齿的味道。

  好伦哥的自助餐，我混迹在一群人当中，不敢抬头看你的眼。把时间往前拨几分钟，你和一群男生输掉了赌局，我这个站在教室门口不知所措的过路人也被众人簇拥着来到这里黑了顿自助餐。我到现在都不知道你到底和那群男生赌了些什么，并且如此地愿赌服输。

  为了不让你的钱浪费，我拼命地吃了好多看上去值钱的东西，水果、烤肉、蛋挞，我都整盘子整盘子地端回来。有一次周围的人都去取餐了，你抬起头来看到我塞到嘴边的鸡腿，"扑哧"一下就笑了。你开玩笑地说："姑娘，别吃那么多肉，会发胖的。"

莫展晨，你知道你活在我的臆想里有多少个日夜，才会让上苍都眷顾我安排了这次并排坐在同一张桌子上，来这么一段简单明亮的对话。

我们从下午四点吃到晚上八点，大家扶着墙走出来。你问我到哪边坐车回家，我要回答你的时候，你的手机响了起来，铃声是那首温柔的《暧昧》，你犹豫了一下，但还是接了。我对你指了指天桥的方向。

## 傻瓜其实不一样

2008年的秋天我和你只相隔一个过道。

你人高马大，有点儿发胖，喜欢踢足球。他们都说你这么高的身材不打篮球简直就是浪费，于是你叫上你那些哥们儿去练篮球。你总是一身臭汗地在周末下午回班级换衣服，左手拿着可乐贱兮兮地笑着问我："能开下窗户吗？"

我绝对不是在这个时候忽然喜欢上你的，但是又是从什么时候，我开始注意上你了呢？

我在你的世界里一直都是不声不响的透明人。有一次你忽然停下笔来，看着在发呆的我说："杨素素你好奇怪，周末你在班里发呆还不如回家睡觉呢，你为什么每周都来这儿受罪呢？"

这个时候我能和你解释说，因为你每周都来踢球吗？

终于你还是放弃了篮球，因为总也学不会。

入冬的一天你忽然说你要过生日，周围的人都躁动无比，又有借口勒索你了。你却转过头来问我："杨素素，我过生日，有什么礼物要送吗？"

我拿不出像样的礼物，支支吾吾说不出话来，脸"唰"地又红了。你哈哈大笑起来，像是安慰我一样说道："开玩笑的啦，走，带你们去我家吃饭。"

晚上你送我出门，你问我哪个方向，我指了指东边，你忽然跳起来说："咦？不对啊，素素，我记得你上次说你家在西边啊，你和你妈妈又换房子了吗？"

你居然还记得，你上次陪我过了天桥，你还记得那是西边。

我赶紧解释着："哦，搬家了，原来的房子住不起了。"

你点了点头，没再追问。

其实傻瓜，也是不一样的。

## 丑小鸭没有变成白天鹅

2009年文理分班，我读文你读理，从一道之隔变成了一楼之隔。

我知道你喜欢逛校内网，喜欢看微博，于是我换了个名字加了你的校内和微博。

不在同一个班级的日子，只能在网络上搜寻你的蛛丝马迹。每天我的零花钱没几分，我偷偷攒起来，攒到一定数量就去网吧，去微博上看你的状态。

有一次我很不幸地被我妈妈抓到，她找了一根很粗的棍子打我，我倔强地不去看她，也不跟她解释我去网吧也只是看看网页上你的状态而已。打到最后妈妈哭了，她一把鼻涕一把泪地坐在廉价的地下室里哭得不可抑制，她说她这辈子的希望都押在我的身上，没想到我如此不争气。

莫展晨，我也觉得我很不争气。成绩没你好，人缘没你好，家境也没你好，那么你说，我有什么资格去喜欢你？

我忽然很沮丧很难过。我从家里跑出来，用那部掉了漆的破手机给你发短信，我说，我很难过。你没有回复，我不甘心，拨了过去,听到甜美的声音讲到,你拨打的电话是空号,请查证后再拨。

**只是我还不能够表白**

我高三了,我真想争所谓的那口气。我不再偷偷攒钱去网吧,也很久、很久没再在校园里见到你。

有人给我写了情书,一个小眼睛的男生,却有点儿你温文尔雅的气质。那个被妈妈打骂并拨不通你电话的晚上,我在心里狠狠地唾弃了你,并发誓在你之后第一个追求我的男生,我就放下清高的姿态和他在一起。

我翻了翻日历才想起来,今天是圣诞节。

那个追求我的男生喊我下楼,和他们一样大声喊着叫着。我四处寻找你的踪影,很失望,最终没能找到你。

终于按捺不住,那天我再次逃了课,去网吧,翻到你的校内网,却看到你的头像已经变空,状态是多天前的那句话:如果我离开。

我不知道发生了什么,发了疯一样跑回学校,跑到你的班级,站在门口死命地喊着:"莫展晨,你给我出来!"

教室安静极了,大家都抬起头来看泪流满面的我,有人小声地说:"天哪,哪里来的疯子,莫展晨都退学好久了……"

这世上最安慰人的童话大概是,你挖空心思暗恋的人,也挖空心思在暗恋着你。

我是这样一个卑微的穷光蛋女生,你是那样一个短命的纨绔子弟,唯独不告诉我,你也在关注着我。

偷偷踢球并受伤的下午被抬去医院,被家长连哄带骗送出了国,留了学。也因为赌气,切断了和国内所有的联系,甚至还未道一声再见便已消失。

很久以后我收到了一个包裹,像是好多人提到的慢递一样,寄给多年后的自己。莫展晨,你把多年以后的自己寄给了我,只是,只是我再不能够表白。

我看到了你画的蓝色天空、校园路和土里土气的我。我看到你记在2008年的日记,那个赌便是,你敢爱上此时此刻开门走进来的这个女生吗?你说其实你对他们说了谎,你说你不敢爱。

那个开门走进来的女生便是我,很荣幸,她是我。

但是你还是爱了。用十五岁年轻向上的生命。我也一样。

## 便利店姑娘

/ 周宏翔 /

便利店姑娘：

　　当你收到这封信的时候，我已经不住在长虹小区了。我过来递信的那天你不在，所以只能暂时先交付到你同事手里。

　　我记得第一次注意到你，是去年中秋的第二天，因为错过了中秋，所有月饼半价处理，铺在便利店门口却无人问津的食物显得狼狈可怜，像是错过了良辰美景的姻缘，又像是惶惶不安的迟暮美人，但因为我前一天在飞机上度过，而错过了品食月饼的中秋，于是非常自然地挑选了几个莲蓉月饼放在柜台上，你冲我微微一笑，就在我准备转身去拿酸奶的时候，你在身后提醒了我一声，味全蓝莓味今天已经卖完了。那一刻我诧异地回头看你，你却平淡无奇地说："你每天晚上都会来买蓝莓酸奶，不是吗？"

　　我从来不知道，原来每天晚上我的细小举动一直被某个人默默地观察着，我无奈地耸耸肩，你却咧着嘴从收银台后面拿出一瓶蓝莓味全来，说："虽然不确定你晚上会不会来，但是我还是给你留了。"

就是从那天开始，我和你的世界有了未曾预料的交集。

后来我才发现，你并不是单单观察着我一个人，虽然难免有些失望，却又不得不让我增加了几分对你的好感。

你每天并不是无所事事地站在柜台等待结账，你会非常细心地用本子记录一些日常客人的琐碎，你知道门口不远卖水果的大叔喜欢什么牌子的香烟，也知道对面五金店老板娘用什么牌子的洗发水，你还知道穿校服的小姑娘每个星期一定会买什么样的杂志，追随着什么样的明星，你同样知道喝醉酒的单身汉会在深夜的什么时候来店里买关东煮，所以每天都会刻意留心这些商品，时不时为他们备上一些存货，以免他们乘兴而来，失望而归。

除了这些，你还会关注每天的天气预报，在暴风雨来临之前准备好雨伞和塑料袋，比起雨伞，更贴心的是那些笼罩在顾客手中物品上的塑料袋，因为你总是会说，小心雨水溅湿了它。

不仅如此，你还会在上衣口袋里放上几张创可贴，虽然你知道并不会起到什么作用，却依旧执着地放在口袋里，因为你担心如果有谁意外受伤，你就可以变成从天而降的"白衣天使"。

你会小心翼翼地观察着每一个进门而来的人，却极少让他们发现你的眼光和留驻在他们身上的每一秒。

我一直在想，像你这样的姑娘，为什么会在便利店里值夜班呢？像你这样的姑娘，不是应该和同龄人一样，好好享受美妙的夜晚和一段甜蜜的约会吗？但是没有，你几乎天天晚上都出现在柜台前，穿着水蓝色的工作服，夹取关东煮的时候，习惯性地戴上口罩。

有一次我听说，你原来不止打这一份工，为了能够白天再做一份兼职，故意和同事调换到夜班，你的借口是夜里的人总不会显得那么匆忙，你才能够更容易记得他们的模样，每个人脸上的神情都是故事，你总会揣测他们的故事。

我所住的地方离便利店不过十分钟的路程，比起每天晚上买酸奶，我倒更乐意和你说上几句，我说："你为什么要从早忙到晚，还要身兼多职呢？"你笑着说："我没有身兼多职啊，白天是工作，晚上才是生活，很多人或许觉得什么都不做完全抽空自己是生活，但对于我而言，做自己想做的事，遇见自己想遇见的人，每天夜里的一次相逢，都是安眠最好的前戏。"

那短短一年多的时间里，我成了你笔记本上记录多次的人物之一，但是遗憾的是，我不能够为你的记事本上再多填一笔了。在这繁忙的大都市中，能够与你共享一刻深夜的宁静，已足够幸福。

在递交这封信的夜里，我听说你感冒了，不知道你是不是躺在床上正为今夜不能到达便利店而感到遗憾，又或许你心爱的人在你身边填补了深夜无法邂逅美好的空缺，但无论如何，我都非常开心能够认识你，今夜的蓝莓酸奶又销售空，但我却没有拿起旁边的芒果酸奶或者草莓酸奶，而是淡淡地朝你同事微微一笑，我想每个人都有坚持的东西，或许下次，再见到你的时候，你又可以从收银台的后面拿出一瓶早已备好的酸奶，然后和我说，很高兴又见到你了。

爱喝蓝莓酸奶的少年

## 罗宋,我的青春从遇见你开始

/ 紫堇轩 /

罗宋:

　　我是在去寄宿高中的卧铺车厢认识了你。我坐在你对面毫不淑女地啃一包盐焗鸡翅,你坐在对面床铺,拿出笔记本电脑开始看电影。我眼巴巴地望着你,你便毫不嫌弃我的邋遢,邀请我坐过去一起打发时间。

　　电影的画面到现在我仍然记忆犹新。

　　那是一个演滑稽剧的女孩,手里提着一个歪鼻子咧嘴的娃娃,涂着红脸蛋,台下的老人无一不捧腹大笑。

　　她是小丑一样的存在,就像我,曾经因为和校园里的大姐大萧莘公然唱反调而被孤立。

　　罗宋,你知道吗,我受够了那样黯淡无助的境况。我知道,萧莘如此猖獗,不过是倚仗着她那个不可一世的哥哥大雄。他是学生会体育部长,只手遮天呼风唤雨。所以我在他校运会长跑那天,轻而易举用一条毛巾一瓶矿泉水收服了他的心。他像金庸小说里的武林盟主一样豪气地跟我保证说,放心,以后再没有人敢欺负你。

## 最是脆弱天蝎座

罗宋，记得吗，当时我们是提前到的学校，所以偌大的火车站也自然没有学长学姐来接待我们。你主动将我最臃肿的那袋行李抓在手上，然后打了一辆车，对司机报出我们那所高中的名字。

你人真好，让我想起初中时的大雄。那时候他也是这样对我，十二月的冬天下了课，他第一个冲到食堂帮我打好两菜一汤，像稀世珍宝一样揣在怀里，送到我手上时饭菜还是热的。他的睫毛上有雪花，嘴唇冻得发紫，一笑露出两排亮白牙齿。

萧莘气不过，还和他吵过架。她说他胳膊肘往外拐，他说她小心眼儿。我则在一旁冷眼旁观暗自欢喜：这就是我想要的结果。

我敏感，脆弱，是记仇的天蝎座，像格林童话《白雪公主》里，皇后栽培出来的那个毒苹果，鲜红平实的外表下掩藏着恶意的毒液。

## 建立于规则和教条之外的世界之上

面试校合唱团的时候，你毫无悬念地当选了主唱接班人。你想弃权把机会让给第三名的我，我不答应，认为你是在侮辱我，像一头暴怒的狮子一样骂你："罗宋，你还是不是个男人了？竟然为了一个不相干的人放弃自己的梦想！"

是的，你希望自己能有一天站在打着灯光的舞台上，全世界都静下来听你歌唱。你来学校时的装备，除了一个装着衣服的书包，剩下的就只有笔记本电脑和一把从不离身的蓝色闪电吉他。

我骂得声嘶力竭，脑袋疼痛欲裂，像多年前那个无助的黄昏，蹲下来抱着膝盖开始哭。

记忆一帧帧回放，两年前的大雄正在为了我，再次与自己的妹妹发生冲突。

雨后湿滑的湖边，萧莘斩钉截铁地说："如果你不把这条鱼骨项链送给我，我就告诉爸爸这是你偷了他的钱买的！"

大雄也不是省油的灯，他双手交叠在胸前冷笑着答道："这分明是外婆给我的零用钱，你有什么证据，钱上面又没写名字！"

萧莘被激怒了，抢过那个红色盒子便往湖里扔。大雄眼里像是要喷出火焰来，他的身体腾空而起，紧随着那道抛物线，"扑通"一下也跳进了水里。

罗宋，如果那天不是零下二十多摄氏度的天气，大雄的脑袋没有撞到冷硬如石的坚冰。再退一万步说，如果那天不是我的生日，那么或许今天我们会相安无事地站在一起。

他的大脑受到了剧烈的震荡，神经中枢又被严重冻伤。

我从来没有见过那么铁石心肠的萧莘掉眼泪。我以为她今生都不会哭。

大雄认不出我，也认不出自己的家人了。他只会"嘿嘿"地对着我们傻笑，仿佛上天和我们开了一场玩笑，所有的时光被自动过滤漂白一样。我记得他高傲的模样，仿佛生在这个建立于规则和教条之上的世界之外，以及被送到外市治疗的那天，眼神里突然黯淡下去的星光。

### 女金刚一统江湖

廖茜茜是你众多粉丝里最忠诚的一个。高考前夕，她跟你一样报了北京的学校，最后终于如愿栖落在同一座城市。而我也鬼使神差地补录到了这里。

我已经被生活千锤百炼得无坚不摧，变成一个女金刚，不再轻易被击垮，走路做事都雷厉风行，两脚之下仿佛踩着风。就算聚餐时男生们叫嚣着让喝酒，我也能泰然自若地和他们拼杯。

我知道只要我永远闭口不谈那个秘密，谁都不会再记起你曾经有过一个很man（爷们）的名字叫作大雄。

是的。当初和你分到同一个病房的，还有廖茜茜患了阿尔茨海默病的爷爷。你们渐渐为彼此所熟识。你的病好了之后，直接在她就读的当地学校复读了一年初三，然后参加了中考。

你告诉了她一段浪漫的传闻：听说日本的男生在毕业时，会被暗恋自己多时一直未敢表露爱意的女生索要衬衫上的第二颗纽扣，因为那是最靠近心脏的位置。但他们只会将它送给自己最欣赏的女生。

那时候你手心里像刘谦变魔术般，多了一颗纽扣，她红着双颊欣然接受。

### 你是我思念的永恒进行式

合唱团组织去香山烧烤的那天，你提前帮我烤了一只看上去肥美诱人的鸡翅塞给我，然后开始听我讲故事。

我说："萧罗宋，你知道吗，曾经有个男生送过我鱼骨项链，它代表着那份友情的坚贞和芳香。"

你笑："后来呢？后来他去了哪里？"

也许是鸡翅放的胡椒粉太多了，下一秒我差点儿呛出了泪光。我意识到自己的失态，开始讲冷笑话救场："后来啊，他像香妃娘娘一样变成蝴蝶飞走了呢！哈哈哈……"

篝火晚会举行时，你抱起形影不离的吉他，在漫天星光下弹唱了一首老歌。

"青春仿佛因我爱你开始，但却令我看破爱这个字，自你患上失忆便是我扭转命数的事。"

是啊，大雄，我都要望穿秋水了。你看那香山都被枫叶染红了，你怎么还不回来呢？

# 你有你的糖小姐，我有我的苦咖啡

/ 简一小姐 /

咖啡先生：

听说你要结婚了？真好。真不好。

实在是找不到宣泄口，不知道跟谁去说这种心情，我固执地认为没有人能懂，就像固执地喜欢你一样。最后决定用写信这种方式来祝福你，来捋清楚我自己。

该怎么称呼你呢？从我念大学开始，便不再叫你哥哥，又咋咋呼呼地叫起你名字来。所以写这封信，开头也是为难的，想来想去，叫你咖啡先生好了，你不是说生活是没加糖的咖啡吗？不过现在，你找到自己的糖小姐了。

还记得去年圣诞节，我鼓足勇气跟你说了一个女生暗恋男生十多年的故事，你说："为什么明明是个很伤感的故事，你要用这么诙谐的语气来讲？"我回答："因为我就是个这么有幽默感的女子。"其实在跟你说那个故事之前，我做了一周的心理建设，那一

比心

周的每一秒,我都像是在等着心里的炸弹被引爆,等着自己被炸得粉身碎骨。你肯定不知道,那天晚上我差点儿冲进厨房把室友腌鱼用的酒拿来壮胆,但想想,十几年的故事,要是在自己迷迷糊糊的时候完结,也太过悲壮,于是就那样不着"盔甲"地上了"战场"。我唯一带着的"防身物品",唯一能保全自己一点儿尊严的东西,也就是故作的幽默罢了。

春节回家,你比我早到两天,从你家门前经过的时候,碰见你正跟人聊天,深灰色大衣里面搭着一件条纹衬衣,显得你挺拔又修长,真好看。你注意到了我,朝我挥了挥手,示意我过去,但害羞如我,竟拖着行李箱飞也似的跑了。回家几天听说了很多关于你的消息,听说你有女朋友了,听说,没在家的时候,有好事者为我们俩牵线,提议让我俩春节回家一起吃个饭。最后一个,是我妈告诉我的,她不以为意地把这个当成了真笑话。

整个春节我都躲着你,但在你回T市的前一天,我们还是不小心碰了面。现在想起来,那可能是老天爷给我的最后一点儿慰藉,好让我的故事结束得不那么仓促。2016年农历大年初三,久违的阳光从云层之间倾洒下来,像天鹅绒一样柔软地扫在脸上。我带着一岁半的小侄子出门遛弯,抬头便看见你远远地朝我走来。本想拎起小侄子赶紧躲开,但听到你不轻不重地叫了一声我的名字,我便再也不敢动了。你走过来,先是弯腰逗了逗被我扯着衣服帽子的侄子,然后直起腰笑着看我,你站在我身边,一个怀抱的距离,身上的酒香经过阳光的烘暖蔓延到我的鼻端。那天的太阳一点儿也不晒人,我却感觉到自己的脸热得快要裂开,脑子也迷糊起来,好似喝了酒的人是我。鬼使神差地叫了你一声"冬冬哥哥",你咧了咧嘴角,然后问我近况怎么样;这么多年来,我把自己的小心思藏得不曾让任何一个人知道,这么多年来,我对你的了解也止于别人的言谈和一年一面的寒暄；这么多年来，你从未像那天一样同我说过那么多话，像个真正的大哥哥。

  我近来总是很频繁地梦见你，梦见小时候从你家门口路过，被你的小狗追着边跑边号，你跑出来喝住它，然后送了我一长段路；梦见我跑去你家屋后采紫鸢花，掉进冰冷的水田里，你拉我起来，然后摘了一大束鲜花给我；梦见第一次对你心动的时候；梦见手机里那张藏了很多年的模糊照片。昨晚又梦见了你，梦里面我们俩沿着一条黄灿灿的小路不停地走，那条路好像没有尽头。我们安静地走着，全程无话，耳边是脚踏在落叶上轻柔软绵的声音，像那天午后的阳光一样让人心生暖意。

你眼里的小丫头

# 不再暗藏的情书

/ 张爱笛声 /

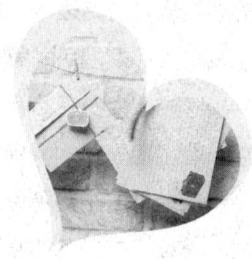

## 1

我们是什么时候开始有交集的？大概就是高二那年的秋天，我在QQ上收到一条消息，来自叶嘉树。他说：张，你可以借我300块钱吗？我有急用，你先借我，这个星期一定还你。

我愣了三秒，随即快速回了一个字：有。三分钟以后，我按照他说的步骤，把300块汇到了一个账户里。

叶嘉树是我们班的班长，他耀眼、时尚、爱玩，成绩虽不十分拔尖，却也算优秀。我在上高中的时候就知道他，但从来没想过会认识他。直到高二时他和我分到同一个班级，成了我们的班长。为了方便交流，他加了班里每一个同学的QQ。

本来每个月只有600块生活费的我，在借给叶嘉树300块钱后，日子就过得紧巴了一些。

星期一体育课的时候，叶嘉树和我分到了一组练习排球。休息的时候他开口问我:"那天在QQ上,你借了我300块是吗?"

我木讷地点点头,然后摆摆手:"如果你现在困难的话不着急还的,我……我还有钱花。"

叶嘉树从裤袋里掏出300块,递给我:"谢谢你啊,张。"我紧张得脸红,低着头匆匆跑开。

我以为这件事到此就结束了。可是两个星期过后,我的同桌顾小桃跟我说了一个秘密,她说:"你前段时间有在QQ上收到班长的一条信息吗,他说自己有困难,急需300块,你说就这样的事,有点儿智商的人都知道是假的啊,偏偏就有人被骗了。"

我愕然。

"先不说像班长这样的家境根本不缺300块,就说那个银行账户吧,都不是他的。其实啊,这就是明显的盗号嘛。全班54个人里,听说只有一个人傻傻地汇了钱过去,不知道那个傻瓜是谁。"

我的脑袋似乎马上就要炸了。

一天放学后,我留下来值日,我获得了与他单独相处的机会。

"那个……"我迟疑地开口,"你QQ是被盗号了是吗?跟我借钱那个根本不是你对吗?"

叶嘉树挠挠头:"啊,你都知道啦。"

"那我把钱还你。"

"别。"叶嘉树一摆手,很认真地说,"张,虽然这是个骗局,但是你那么爽快地把钱汇过去,说明你是个重视同学情谊的人,也说明你把我当朋友,我真的很感谢你。"

"是我太笨了。"我心里其实十分内疚。他却笑着拍拍我的肩膀。"没事,你不用责怪自己。不过啊,以后遇到这种事情还是要多长个心眼,毕竟现在的骗子实在太多了。"我点头,然后低头装作认真打扫教室。只是那天,我没出息地一直沉浸在他轻轻拍我肩膀的那个瞬间。

## 2

当你留意一个人的时候,你会很惊讶地发现,原来你们的生活也会有那么多交集,那么多"巧合"。比如,有一天在公交站等902路车的时候,发现叶嘉树竟在我身后的队伍里。我假装不经意地回头,小声地道一声,"嗨"。

他也热情地朝我扬了扬手。

那天回家的路程,显得格外漫长,大约是因为我每一分每一秒都十分珍惜。我坐在叶嘉树的旁边,和他聊了一路。我一向沉默寡言,可是那一天我却格外勇敢。

"快要会考了,你复习得怎么样?"叶嘉树问我。作为同班同学,他早就知道我的理科成绩到底有多差了。

"没把握,考40分都没把握。"我懊恼地答道。

"不会吧,很简单的啊。不然我教你好了。"

"好啊。那你辅导我的时候可要耐心点儿,因为我真的太笨了。"下车那一刻,我兴奋地回答。

叶嘉树果然没有辜负我的期待,每天晚上的自习课结束后,他都会待在教室里再辅导我一个小时。那60分钟,成了我一天中最快乐的时光。

我们慢慢地熟悉起来,而我也发现了,就算完美的叶嘉树,也会有一些小小的缺点。比如,他的胆子并不大,他不敢一个人乘坐电梯,去往黑暗的地方他会有些许慌张。所以每次学校关灯之后,他总是会等我,然后两个人一起离开,因为他不太敢一个人走那几层黑暗的楼梯。

而我在知晓他这些小缺点之后,终于变得不那么自卑。为了不辜负他的付出,每晚回到家之后,我都会在台灯下再复习一个小时功课。累了的时候,我就在本子上不停地写那句"后皇嘉树,橘徕服兮"。他的名字,对我而言,是攻心的咒语。

## 3

因为有叶嘉树的帮助,我异常顺利地通过了高二的会考,并且取得了相当不错的成绩。然后,兵荒马乱的高三如期而至。

我和叶嘉树并没有被分到同一个班级,而我们为了高考,也都选择了住宿,即便在惜时如金的高三,只要我捧着难题去找他,他也定会放下手中的事,耐心给我讲解,每天做早操的时候,我会远远地冲他挥挥手,然后说"加油"。

每次考试后拿到全年级的排名表,我会首先寻找叶嘉树的名字,偷偷记下他每一科的成绩:语文102,数学137,英语111……把它贴在墙壁上,每天看一遍。然后发奋努力,发誓要在下次考试中追上他。带着对未来的渴望,带着和叶嘉树并肩作战的勇气,我在高考这条路上不断前进。

高考结束后,学校给我们举办了最后的联欢晚会。但是那天,我没有见到叶嘉树的身影。其他同学和我说,叶嘉树考砸了。我想给他打电话,但他已经关机。那个夏天,我过得异常煎熬与不快乐。

关于他高考失利的事,我后来才知道原委。原来,考语文的那天早上,他早早地从家里出发,想到我家找我一起坐车去考场。因为我们被分在同一个考场。可是这个糊涂的叶嘉树,偏偏把准考证落在了公交车上。等他费尽心力找回准考证的时候,他已经错过了语文考试。

所有人都说,好可惜啊,成绩那么优秀的学生,又得苦读一年。我问他为什么不告诉我事情的真相,他在电话里笑着说:"这不是什么大事,就当再锻炼一年呗,反正我年纪小,再读一年也不会老。你在大学里加油哦,要越来越开朗,这样才会有更多的人喜欢你。"

我下一句话马上就要脱口而出:"那么你呢?你喜欢过我吗?"

可还没等我说出口,他已经挂了电话。

然后,我开始了我的大学生活。叶嘉树开始了他的复读。我们之间的联系慢慢淡了,我的邮件发过去,他连打开的时间都没有。

再后来,听说他去了香港念大学。大三那年暑假回家,我看到他牵着一个女孩的手走过一条长长的街,他依旧高高瘦瘦,依旧耀眼,可也看得出来,他更加沉稳。我想上前打个招呼,但终究还是忍住了。我怕一不小心,我那好不容易才断了的情丝,又悄悄生长。

我又想起高三那年。我曾在橘黄色的台灯下给叶嘉树写过这样一封情书:

我渴望有一天,能在向晚的黄昏里,熬一锅莲子百合汤,与你相对,与你共老。

一场暗恋,隔山又隔海。而我也只能拿着钥匙,继续敲着你厚厚的心墙。

# 如果我爱你，你也爱我

/ 高小北 /

星辰：

我常常想，如果我爱你，你也爱我，我们是不是就可以像童话里的有情人一样，可以一直看着对方，厮守到老？

第一次看见你的名字，是你的护腕上精心缝着"星辰"两个字。我们几个刚入学的中文系女生凑在一起讨论这两个字的来源，顺便把这两个字念了好几遍。一会儿，我听见头顶传来一个有磁性的、介于男孩和男人之间的声音："喂，你们几个干吗老念我的名字？怪不得我连打好几个喷嚏。"你漫不经心的语气显得我们特别傻，其他女生都一笑释然，而我却像一个高中生一样低下了头。

我用余光往上看，瞥见你那张帅得不给人任何退路的脸，整齐的刘海挂着汗水，洁白的牙齿衬得笑容更加明媚。如果再穿一件白衬衫，就完美了。

我莫名地紧张起来，膝盖撞到了桌腿上，你没怎么在意，嘻嘻哈哈和男同学一起冲出去了。看着你走出教室的背影，我揉膝盖的手也停止了。

胆小如我，在中学六年里，从来没有喜欢过任何一个人，就算稍有感觉，也被成堆的作业淹没了。但是现在，不一样了。

从此，我默默看着你双手插兜和其他男生一起走路，看着还没完全摆脱高中记忆的你偶尔欺负一下女生，看着你在上课偷玩手机，看着你晨跑……

这样久了，我有时候会幻想，如果你也爱我，我们是什么境况。如果我爱你，你爱我，我们就可以在一起吧？在一起的每一天，一定很甜蜜。

清晨，你会给我买早餐。一定要有咖啡，我喜欢喝咖啡，小小地抿一口，再看看清晨阳光里的你的侧脸。我们会一起散步秀恩爱，清晨的风带上透明的阳光，吹在你脸上，一定会让你更显帅气。到了学校以后，你习惯性地晨跑，跑完我给你买一瓶水。然后上课困倦的时候，看一看彼此，接着困倦……

到了中午，我可以和你坐一张桌子，我们到食堂的角落，看泛滥的阳光涨进来，慢悠悠地吃。这样想来，我应该就不会担心没食欲了，看着你，即使是最讨厌的西红柿汤我也能品出琼浆玉露的滋味。吃完午饭，我也许会和你钻进樱花林里，透过花朵的罅隙看最蓝的天。下午很容易困，困了，看看彼此，应当就不困了吧。而且下午基本没什么课，我们也许可以去附近玩一玩。

傍晚，浪漫的绯色染满了天边，我会指着沾满金色阳光的云，告诉你，哪朵最像你，然后将心事诉说给彼此听、互相加油打气，准备迎接一个柔软的黑夜以及美丽的第二天。

每个月可以回家两次，我家距离学校近，我要你载着我回家，当然是用单车。听着你的衣襟在风中猎猎作响，我也许还可以在某一段格外有气氛的时刻，环住你的腰。我也许还会突然让你停下，跟你要路边摊的某个小首饰。

又或许在玫瑰色的天边的映衬下，踮着脚尖，轻轻吻你。

唉，想到这里，我都开始脸红了。你看呀，我想得如此浪漫美好，说给自己听，就像真的一样。可惜，就如同梦境一般，它斑斓美艳，可是易碎。

每每想到，你基本不和我说话，我就知道，你绝对不喜欢我。"如果我爱你，你也爱我"只是一个假设，因为有了"如果"，一切在现实里都不成立。

有多少人啊，即使知道"我爱你，你也爱我"只是一个假命题，却还是在青春的单恋中，又哭又笑。

小北

# 就此别过,亲爱的姑娘

/ 路明 /

那是我中学时代的最后一届运动会。当时我瘦成一根竹竿,体育成绩不值一提,只有长跑还拿得出手。体育委员拿着报名表拉人,各个项目都有人报了,唯独男子十公里还空着。

忘了是被谁怂恿,还是为了一个无聊的赌注,一时热血上头,我跑!

那时我十八岁,豪言壮语说得那么容易。此前我最多跑过三千米,不知道剩余的七千米意味着什么。我有点儿后悔,可放出的话收不回,临阵退缩会被狐朋狗友们笑死。放学后我一个人在操场练习,十几圈下来,像快死掉一样。我喘着气,仰面躺倒在塑胶跑道上,看着天色渐渐黑下来,身上的汗慢慢地凉了。

运动会最后一天,男子十公里是压轴。我在起跑线处热身,身边的十几位选手个个如狼似虎。四百米跑道,发令枪响。第一圈、第二圈,我紧咬牙关,保持在第一集团;第五圈、第六圈,我小腿灌铅,呼吸困难;第七圈、第八圈,肋下剧痛,虚汗淋漓,不断被人超越;第十圈,我仿佛挣脱了极点,开始加速,在全场一浪高过一浪的喝彩声中,从第九位一路追到了第二位。

第十三圈,我像一只中枪的鸵鸟般猝然倒地。蜷着腰,抱紧膝盖,那是抽筋的症状。两位担任卫生员的姑娘赶紧冲上来。我用力挣脱她们的手,大声喊:"别管我!还能跑!"

我艰难地起身,一瘸一拐地跑出五十多米,再次倒地。这次,我没有再拒绝姑娘的搀扶,在她们的臂弯里,在全场的掌声中,光荣退场。

赛后,班主任专门表扬了我的"拼搏精神",组委会给我颁发了"公平竞赛奖"。我捧着奖状和校领导合影,一脸尴尬。

这事成了我的一块心病。我没敢告诉任何人,中途加速的战术是设计好的,倒地的动作是练过的,甚至最后的五十米也是装出来的。表演成功了,效果远超预期。我出尽风头,走到哪儿都有人指指点点,不止一位学弟学妹把我的"事迹"写进作文里。在他们的笔下,我成了"坚持不懈"和"虽败犹荣"的代名词,甚至和奥林匹克精神挂上了钩。可我为什么会那么难过?岂止是难过,简直从心底看轻了自己,认清了自己不过是个虚荣又虚伪的人。尤其是,我对不起那两位姑娘,当她们冲向我时,表情是那么关切。心事成魔,无处诉说,一口气堵着,哭不出来。

第一次明白了什么叫人在做天在看,就是自己骗不了自己。

一天,回家的车上,有人拍我的肩膀。我回头一看,是其中一位扶起我的姑娘。此后我们经常坐同一辆公交车回家。从简单的寒暄,到渐渐地熟悉。那天她坐在我身边,我看着她拉开天蓝色的书包,雪白的手指剥开了金黄的橘子,然后抬头朝我一笑,皓齿明眸,一树花开。她永远都不知道,此刻我木讷的外表下,掀起了怎样的波涛。

她递给我一瓣橘子,似乎不经意地问:"运动会那次,你是装的吧?"

我脑子"嗡"的一下,脸涨得通红,嗫嚅道:"你……你怎么知道?"

"扶你的时候,看见你的脸上掠过一丝笑意。"

她用轻轻的一句话,炸掉了我残存的一点儿侥幸和自尊。公交车轰鸣,路人喧哗,我听见了碉堡坍塌的声音。最卑劣的心事被她一眼看穿。我低头,汗如雨下。

从那天起我躲着她,放了学情愿走路,或者等下一班公交回家,直到毕业。她没有把这件事告诉任何人,可我羞于面对这位美好的姑娘。她像一面镜子,越是一尘不染,越照见我的污浊和不堪。

转眼十年过去,有一天收到了她的信。

××:

展信好。

你一定忘了我吧?十年不见,别来无恙。

第一次见到你的名字,是在橱窗里读你的范文。你文笔不错,有点儿喜欢掉书袋,字很丑。

还记得那次诗词朗诵比赛吗?我在你前一个上场,读了一首舒婷的《致橡树》,是那种拿腔拿调的抑扬顿挫。那次比赛,大多数人是照着稿子念的,少数人背,也不过是一些短诗。你倒好,把整篇《长恨歌》背下来。你面无表情,声调平淡,可不知为何,那些诗句是如此动人。当你背到"夕殿萤飞思悄然"时,教导主任打断了你,示意时间有限,可以下场了。你扫了他一眼,接着背下去,整个会场都静默了。比赛结果,你名落孙山。但我记住了你。

那天我站在三楼窗口，看你一圈一圈地跑步。我故意找理由赖在教室不走，直到你筋疲力尽地躺倒在操场上。我很想走到你身边，对你说声"加油"。犹豫了半天，还是不敢。

知道吗，那次运动会你成了女生们谈论的焦点。有人说，"真想不到，××那么瘦，还跑那么快，拼得那么狠"，还有姑娘在你下场时哭了。我心里有疑虑，我害怕这疑虑是真的。我是多么希望你是真的拼尽了全力，摔倒只是一个意外。可那天在20路车上，你的回答，还有你的表情，让我的心凉了半截。

怎么说呢？还是欣赏你，但不是那种欣赏了。我有点儿失望，又好像有点儿怕你。我告诉自己，你这样的聪明人，或许并不可靠。

最后一次见到你，是高考后的返校。我在车站等了你好久，手里攥着一封信，里面有我家的地址和电话。你来了，朝我点头微笑，我也笑，可我们什么话都没说。这时来了一辆20路车，我先你一步上车，以为你会跟上来。车开了，我看见你还站在站台，双手插在校服兜里，目光发散，神情漠然。我隔着车窗朝你挥手，身边的阿姨用奇怪的目光看着我，可你好像什么都没看见。你渐渐远了，消失不见。这一幕有种似曾相识的感觉。有个声音告诉我，这是离别的剧本。

后来再没见过你。有时我会在网上搜你的名字。我知道你的专业，你的学号，你的宿舍，知道你哪年拿了奖学金，知道你所在的篮球队止步全校八强。有段时间，我特别想去你的学校找你。后来慢慢释怀，大概是成熟了吧。可是偶尔，还是会想起你，和你一起乘车回家的那些短暂时光，是我珍藏在心底的记忆。

忘了告诉你，之前我都是坐37路回家的，直接到家门口。跟你坐20路，我还得再换一趟车。

最近在网上找到了一些你写的文章。真高兴，你又开始写作了。希望你一直写下去，不辜负自己。

请不要笑我矫情，一大把年纪了还写这些。我要结婚了，婚礼在下个月。原谅我絮絮叨叨说了那么多，有些话现在不讲，就永远不会讲。好歹认识一场，都没有好好地告别。寄出这封信，算是对我的青春说再见。

就此别过。

没有寄信地址。

再见，亲爱的姑娘，谢谢你记得我好多年。

你不知道的是，这些年我迷上了跑步。我跑赛道，跑公路，跑越野。我跑过正在苏醒的城市，看见路灯一盏一盏地灭掉；我知道夕阳怎样在屋顶金光一闪，然后消失不见。约会归来我独自慢跑，嘴角上扬，跑步分享了我的喜悦，外公去世的那个夜晚，我在滂沱大雨中疯狂地冲刺，跑步承受了我的悲伤，我跑过喜马拉雅南麓的山坡，跑过祁连山深处的牧场，跑过巴丹吉林腹地的沙漠。我从不参加任何长跑比赛，对我来说，跑步是一个人的事。跑步是孤独的运动，可以想很多心事。跑着跑着我会突然加速，再加速，直到瘫倒在地。看天空黑下来，像一床黑色的被子盖在身上。

我跑了几百个十公里，我企图用更多的里程去覆盖那个遥远秋天的下午。没有观众，没有掌声，我想象着有一双眼睛在看着我；偶尔跌倒，偶尔扭伤，我知道没有一双手会扶起我。那天，抽筋来得猝不及防，小腿仿佛被鞭子狠狠抽打。我疼得满地打滚，然后狂笑，笑出了眼泪。我明白了当年的表演有多拙劣。

那时以为十公里多么漫长，跑下来才知道不过如此。其实十年也不过如此。一次次越过起跑线，再也不是当初的少年。

渐渐地，我由木讷而开朗，由羸弱而强壮，由自卑而坦然。我已不再是那个虚荣而狡诈的中学生。跑步教会我的是自律，是克制，是不放弃，是死磕到底。汗水无法洗刷过去，汗水却如同溶洞滴水，日积月累，足以重塑一个人。

找到节奏，调整呼吸，享受肌肉的酸痛。然后冲刺，风在耳边呼啸，发梢在空气中燃烧。

可我知道，无论我再跑多少圈，再流多少汗，都回不到十八岁的操场，去跑完那剩下的五千米。拼尽力气，也不能穿越数十年的时光，来到你的面前。

# 你值得被爱

/ 琦惠 /

前段时间,我在为一本杂志做音乐推荐时,执意选择了你的最新专辑。旁人问我,为何弱水三千,独取你一瓢饮。

怎么说呢?

你确实很好,即便是一个名字都蕴含无限美好。"鹿晗"两个字,我或许可以这样理解:

你有一双小鹿般的眼睛,虽知世故却不世故。正因此,你的姓氏"鹿",我理解为对你内在的折射。

至于"晗",这个字象征了初生的太阳,代表了万丈光芒以及活力无限。那么我也就可以理解为,它代表了你的地位与你的外貌。

如此看来,你注定要做一个了不起的人物。然而从古至今,那些能成为传奇并被时光记得的人都会有一段神奇的经历,好像你也不曾跳出这个传承。

"鹿晗真幸运",旁人总爱用这样的口气提及你,最初的时候,我也这么肤浅地认为。当我知道你不过是在韩国的东大门遛了一圈就被星探发现时,我就如此天真地以为,你就是个捡了大便宜的人。

后来的我才发现,有些人看起来集万千宠爱,实则他也会把脸躲在月亮后面哭,比如你。

你说,漫长的等待让人忘记了等待的初衷。

原来,你是一颗珍珠,被人观赏了一下就又放回了贝壳。日升日落,你为了唱歌的梦想辗转反侧,等得有点儿绝望。可是很对不起,我们夸张了幸运,低估了你的忍耐。

也谢谢你,森林里奔跑的小麋鹿。你教会我的,不再是那些被写烂了的励志史诗,而是有关人心的认知。

## 欲买桂花同载酒,终不似少年游

有人说:"每个人的生命里都有一匹骏马,历尽黑暗,它会踏着马蹄声缓缓走进你的人生。"

你非马匹,是麋鹿,但你还是走进了我们的心里。你带来的是一整片湖泊,小鹿倾慕流水,我心却倾慕你。

喜欢在舞台上熠熠生辉的你,看到你的代价却是你需要一次次在舞台上跪地挪步;喜欢在足球场向着阳光的你,看到你的代价却是你需要在比赛过后默默捡起观众丢的水瓶;同样喜欢那个对人和善温柔的你,看到你的代价却是你需要把苦和难都藏在自己的心窝。

所以有的时候,我都不喜欢这样的你。倘若我爱的你,总要委屈自己才能赢来爱慕,那么不如我不爱你,至少这样你会活得轻松。

我想,不只是我自己有这样的心思,连同她们。看过有喜欢你的姑娘为你写的信,也见过她们写了一篇感人肺腑的文章——《写给鹿晗未来的妻子》。

她们爱得绝望,粉丝仰慕明星,注定爱而不得。所以当我在写本文时,就如同带着使命,我代表了一群喜欢你的女孩,写出我们共同的心声。

唯愿安好,多么简单的心愿。鹿晗,请你一定要为我们实现。

假设有一天,你不再唱歌了也没关系,跳舞跳不动了也不要紧。只要哪天阳光正好,我们还能一起去绿茵茵的草地上踢踢球,如此便好。可能步子慢了,兴许跑不动了,但我们依然在一起。

阳光与你同在,便是我们的心之所向。

还记得,你仅有的五条微博,其中一条是这样说的:"十年相依,终生红魔!"

身为曼彻斯特联队球迷的你是如此热爱足球,我相信你不会忘记最初的爱。我们也一样,不会忘记最初爱上你的理由。

其实爱一个人无须太多缘由,若非要找个说辞,就是你会发光啊。

你在发光,熠熠生辉,每一缕光彩似乎都在说着一句话:"最怕就是,欲买桂花同载酒,终不似少年游。"

还好你不是,爱着你的我们也不会是。

**愿你岁月风平,衣襟带花**

一个月总有那么几天想要无理取闹,我或许是个小神经病。但没关系,当我心情不美丽的时候,还有你可以帮忙治愈。

鹿晗,听说你时常会在贴吧和微博潜水。那么热衷于当潜水大珊瑚的你,不知道最近有没有发现一个丧心病狂的话题。这个话题近乎让我笑疯,那笑容不亚于你狂恋的鳄鱼笑。有时候,我甚至会怀疑，我们是真的爱你吗？竟然会发起这样一个话题——记者朋友，请和鹿晗做好朋友。

最有才华的是，姑娘们把你的各种照片贴了出来。和组合内的矮个儿一族站在一起，你每次都是卑躬屈膝，像个小媳妇；和组合内高个儿一族站在一起，你每次都踮起脚尖，像只白天鹅。唯一不变的是你的笑容，如同鳄鱼一样，没有偶像包袱地咧嘴大笑。难怪大家爱喊你"鹿十八"，次次像是要笑掉下巴的你，身上总充满着生机。

我特别崇拜你的这种乐观主义，不是每个人都能在鲜衣怒马的年华里，时刻保持着如同核桃般坚硬的心。

记者问你，鹿晗，想家的时候怎么办？

你答，只能想啊。

应答的同时，浅浅一笑，带着无奈，更多的是坚强。

有人抨击你，谩骂你是花瓶一个，没真本事。

你沉默不回应，乖乖玩着魔方。低头的瞬间动作轻巧，有点儿落寞，更多的是勇敢。

每逢镜头转到你头顶，不管那一刻你在干吗，都是对着镜头甜甜地笑。你的话从来不多，笑起来却从不吝啬。

妈妈常对我说，能传递快乐的人，会被很多人爱。以前我从不相信，遇到挫折就爱掉眼泪。可自从遇见了你，我终于明白，笑容才是俘虏人心的必杀武器。

可这并不代表我会把你归为温顺，你的心是一颗小小的核桃，有着坚硬的部分也有着软弱的部分。只不过是每一个部分都面对着快乐，仿佛只要手捧着这颗核桃，就能笑看尘世风起云涌。

鹿晗，我真心爱着你的笑容并且把它们装进了左心房。喜欢炸鸡的少年，你知道吗？你的笑能抵过四海潮升，千军万马。所以比起盼着你大红大紫，席卷整个亚洲，我更希望你可以被时光善待。

我爱的你，愿你岁月风平，衣襟带花。

### 同心而离居，忧伤以终老

你的最新专辑里，我最爱的一首歌是《十二个月的奇迹》。它听起来很愉悦，像你的性格；它听起来很温暖，像你的笑容；它听起来很浪漫，像我对你的憧憬。

就算一辈子不能做你的公主，我还是会一如既往爱着你。至少音乐无国界，我还是可以侧耳倾听到你给的奇迹。

十二个月的奇迹就是，你还在，我还爱。

同心而离居，忧伤以终老。尽管这样，我还是会爱你如初并且不知道这份爱的终点在哪里。

鹿晗，我一直在，纵使寂寞开成花海。

# 世界是一封情书，我爱你没有句号

/ 卢思浩 /

朋友中有个姑娘，从高中暗恋男神。她也不是没想办法去表白，可就是遇不上好时机。

比如高中夜自习下课，她约男神到走廊想要表白，话刚出口班主任从旁经过，吓得她把想说的话咽了回去，愣是拿起作业本问男神数学题。她说多亏自己机智随身带着作业本，我说你是不是傻，干脆把想说的话写下来啊！

姑娘一拍脑门，说对哦。

这就开始写情书，写了两张信纸，她瞅准放学时机想要偷偷塞给男神。一路到了校门口，她刚想把信给男神，突然发现她妈站在门口等着接她回家。她家里管得严，想想以后还有机会，就咬咬牙把信装回了书包。

隔了两天她觉得一定要把自己的心意送到，发现自己早上淋了雨，信纸糊成一团，什么都看不清。

我无法形容她有多沮丧,只记得那天的午休,她一个人在座位上偷偷抹眼泪。

挨到毕业,她终于又鼓起了勇气。

那天小伙伴好几个去唱歌,她想这回她肯定可以表白成功,因为她准备好了歌,到时候唱完她就对着男神大喊我爱你。哪知道男神是传说中的一杯倒,才唱完几首歌还没轮到她,男神就已经醉倒在沙发上。

那天是她送男神回的家,她最终还是轻声说了句我爱你,可男神没有听到。

想说的话当时不说,也就没了再说的必要。

曾经有的心动错过时机,也就没了在一起的机会。我们都明白这个道理。姑娘那时想,要不就放弃吧。

还好故事没有到这里完结。

故事的后来是姑娘辗转到了南京,男神也恰好在南京。

她发现自己还是喜欢男神,就约男神去看电影。她想看完电影表白,又想起了以往的种种意外,她对自己说老娘豁出去了,哪有那么多时机,现在我就表白!

男神愣了一阵,笑着对她说我们先看电影。电影讲的是什么姑娘压根没看进去,男神看完电影说了一句,还好你不是沈佳宜。姑娘哪懂男神在说什么,男神看着她呆滞的样子哈哈笑,说还好你不别扭。

姑娘心里想,老娘可别扭了,只是别扭的时候你都没发现。

姑娘说:"那咱俩是成还是不成?"

男神说:"成。"

很久以后她跟我讲自己的故事,说其实那天她没有准备去南京,只是一时没买到去武汉的票,就想着去南京玩两天。

你说我等时机等了那么久一直出问题,突然间的巧遇反而促成了我俩。我说时机这回事,就是没多走一步没少走一步,你在路口等着红绿灯,他正好经过你身旁。

姑娘说:"你丫能通俗点儿吗?"

我说:"你之前总是想要自己创造最好的时机,其实这玩意儿没法刻意制造。"

遇到了,就是遇到了,想说了,就是想说了。

他俩前不久结婚,我刚好在北京搬家,没能赶回去。

姑娘特地拍了段视频给我,视频里她用了我之前写过的一段话:

"也曾吹过春天慵懒的风,也曾走过夏夜无人的街,也曾踩过秋天路边的落叶,也曾想念冬夜里的飞雪。世界都是一封情书,我爱你没有句号。"

姑娘让我给大家一句话:我们都在等待最好的时机,去做那些对的事,结果反而耽误了所谓的时机。

你现在做的事,都是正确的事,包括喜欢一个对的人。

## 《恶作剧之吻》直树30年后写给湘琴的情书

/佚名/

袁小姐你好：

我是从高一开始就让你喜欢上的A班的江直树，虽然时间已经过去了三十三年，可所有与你一起拥有的往事依然鲜明，今天的江太太去找她的回忆了，想必江太太会去曾经我和她一起走过的地方，所以我也把存在于脑海里所有跟江太太有关的一切做了一次巡礼。

第一次见到你时，你双手拿着情书，看得出来你脸上有着紧张，如今回想起来才暗骂自己当时为何没接下你手中的情书，还好有个可笑的二级地震把你震到我的世界里来，我才知道你手中紧握的那封情书，内容到底是什么。

第一次让我对女孩子产生好奇和兴趣的人，是叫作袁湘琴的笨女孩。第一次起了想看女生写给我的情书的念头，这内容让我对你的爱情产生了好奇和不解。第一次迫不及待走向从没去过的百名榜墙，只想知道那上头可有袁湘琴三个字。第一次将女孩扛在肩上，这又是长长的夜，有时想着是我在帮你补习，还是你在陪着长期失眠的我。第一次被你气闷到失了理智强夺了你的初吻，顺道也将自己的初吻送给了你。第一次抱起昏迷中的你，才知道什么叫担忧。第一次吃到天底下最难吃的菜，但是我依然觉得可以下咽。第一次在倾盆大雨的夜晚跟女孩子同床共眠，被踢下床无数次后就再也睡不着，干脆盯着你直到天亮，这才知道原来袁小姐的睡姿是这么精彩。

第一次火冒三丈尝到吃醋的滋味却又不自知，还以为你和谦学长互有好感。第一次在医院偷偷吻了睡着的你，不料当场被裕树抓包让他发现我喜欢你。第一次甩着餐具出气却还是气得不行，因为那个早晨知道你高高兴兴地跟阿金出去约会了。第一次大脑空白不知如何是好，知道阿金要向你求婚，整天心神不宁。

第一次霸道地要你不可以喜欢别人，因为我喜欢你、爱上了你，你也只能喜欢我、爱我。第一次在雨中深吻着你，雨水打在我们的身上，脑子里闪过一个想法，我想要跟你求婚。第一次可以拥着你入睡，那一夜是我二十年来睡得最好的一次。第一次看你为我穿着白纱，感觉你好美。

还有太多数不完道不尽的第一次全都是你带给我的，你知道吗？

你说，仿佛我在哪里、光就在哪里，其实是你进入我的心里，我才感受到光在我心里，你照亮、温暖了我冰冷的内心世界。

我感谢你写给我的情书，感谢那二级地震，感谢这世上有个叫作袁湘琴的人，更感谢她爱我。

11月21日，今天是我们结婚三十周年的日子，二十一年前你跟我说：直树，写一封情书给我。没想到我让你等了二十一年。

湘琴，我们还会有另一个三十年，直到你是白发苍苍的老婆婆，而我也是老公公为止。

小笨蛋，小傻瓜，这一生我要你陪我到老，你懂吗？陪我到老。

喜欢你,永远未完待续

第四章

# 樱花少年,多希望你在

/ 潘云贵 /

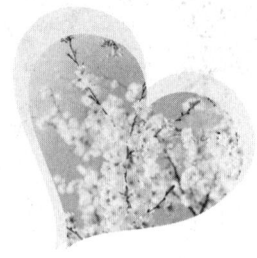

  阳明山上开满樱花的时候,去看花的人好多,你知道,我不会去人多的地方。街上的小贩开始卖马蹄莲,也有上了年纪的阿婆戴着花头巾,蹲在地上卖山竹。只是你不在,我就没有买了。

  日常也会绕着东吴大学的操场跑上两三圈,旁边是篮球场,很多学生在打球,都是一群清瘦的男生,天冷的时候球裤里面还会套一条黑色紧身裤,腿变得好细好细,这样的打扮,我看了好几次才逐渐习惯。

  到了四月下旬,我终于跑去阳明山看樱花了。绵延的花树,坠着冉冉的樱云,风一来,樱花纷纷落地,好像破败的爱情,无可挽留地离开。

  我经常庆幸一件事,就是没有和你谈恋爱。

  跟你做同桌,很开心,虽然不足一年,但记忆却一直没有断过。高二分开,你在七班,每天晚自习结束,特地跑到你班上去等你,你却每次故意比我先走,你不知道我为此难过了好几次。

后来,我也不等你了,换成在你走后,悄悄往你抽屉送东西。

有一次是听班上女生说原来我们学校附近的山上有种樱花,我就跑到山上摘了好多回来,夹到书页里,压了好多天,然后放进一封信里给你,不知道你打开了没有,是不是看到了。

要跟你说的是,那不是樱花,是桃花。送信的那天晚上,惊心动魄。整座教学楼灯都灭了,我带着一种恐惧感摸进你们班。后来保安来巡视,我的心都提到了嗓子眼,有生以来第一次钻进了教室后面放扫帚畚箕的壁柜里,真怕自己的喜欢会连累你。

现在你可以把这些事情当成笑话来听,我会陪着你笑,一起笑十七岁时的我们。

那些被当作樱花的桃花,此刻还在吗?

在不在都不要紧,如果下次还能再碰见你,我要给你真正的樱花,是从阿里山摘回来的。阿里山的樱花开得要比台北的晚一些。

在电影《陪安东尼度过漫长岁月》中,有一个叫小樱的女孩,是男主角安东尼的初恋,一直都在勇敢追求自己的情感和理想。我好喜欢她留着刚刚过肩的头发、撑着一把透明伞、脸上笑容绽放的样子。她对安东尼说了一句话:"不过想到有一场是在等着你,还是挺期待的。"

我把这句话前后放了七八遍,每次听心里便暖暖的,好像看见满树樱花飘落,一个女孩站在树下对我笑。

如果记忆有声音,我最想听到的是你,说出这一句。

现在,我们之间很少联系。我深知我们之间只是同学一场,清水交情,没有太多交集,如戏散后,你往东,我往西,过往的岁月也只是我一厢情愿的相思。

想起王安石的《示长安君》:"少年离别意非轻,老去相逢亦怆情。"

不知道自己老去的那一天,可有幸再遇见你?

好想回到那年的寒假,在长乐城关。

你穿着黑色很滑的皮衣,脸上几颗青春痘,皮肤还是那么白。我们说完再见,我目送你上了拉拉车。师傅把马达开到最大,车轰隆隆开走了。你的身影越来越小,永远地成为我记忆中的线头,只要一想起,一拉,就牵扯出所有与你有关的时光。

山上樱花开遍,多希望你在。

## 待你长发及腰,拿来拖地可好

/ 苏小城 /

### 不近肉色

王大锤来了。他骑着他的那台小电驴在门口等我,说是买足彩中了五百元,要带我去吃香喝辣。坐在他的车后座上,我习惯性地抱住他,而他每次总会不厌其烦地说:"包子,你又吃我豆腐!"他这么一说,我就掐他的肚子,不过才毕业几年,他肚子上的肉起码多了十斤!

别误会,我是个素食主义者,不近肉色,我和王大锤也只是比一般朋友要更亲近,哪怕我对他动手动脚,他也不会真的在意,谁让他是我老大呢!

### 叫我老大

王大锤是高二转到我们班的,因为是新生,所以暂时被安排在最后一排靠门的位置,也就是我的旁边。他跟我说的第一句话是:

"叫我老大！"因为他在家排行老大，所以家里人总喜欢叫他老大，叫着叫着就成了他的小名。

我的成绩不怎么好，所以一直都坐在最后一排，而他跟我同桌了两天之后，就被班主任换到第一排去了。那之后，我们有很长一段时间都没说话。直到第一次月考，他考了全班倒数第一名，让所有人大跌眼镜。

班主任三番五次找他谈话，但最后他还是执意要按照名次来坐，所以他又坐到了我旁边。我问他："你不会是故意考砸的吧？"

"对呀。"没想到他回答得如此理直气壮。

"为什么呀？"

"因为坐前面好无聊，他们都不喜欢叫我老大！"

所以从那个时候起，我就觉得男生的脑回路真的好难懂。

后来虽然他又轻易地考了全班第一名，但应他的要求，他还是坐在最后一排，班主任也没多说什么，反正成绩好嘛，用他的话说就是——坐哪儿都一样。

因为有王大锤这个学霸坐在旁边，所以我总是抄他的作业，上课老师点名回答问题，他也会事先告诉我，就是在这样的"帮助"下，我的成绩越来越差，到最后，班主任找到我一脸无奈地说："你到底还想不想考大学？"

在一天晚自习上，王大锤也问我："你想考哪所学校？"

"北大！"我脱口而出。

"我看你是头大吧！"

### 沉沉睡去

事实证明，一个人如果想要考北大，要么就是成绩特好，要么就是头脑不好,我属于后者。我虽然没有考上北大,但好歹我也被北京一所专科学校录取了,收到通知书的那天,我激动得在电话里把"老大"叫成了"老爸"。

他倒是挺会接话的:"看到闺女有学可上,我就放心了。"

可我没想到,那年他竟然落榜了,在班主任的苦口婆心之下,复读了一年,第二年考到了厦门大学。

我们就这样一南一北地胡侃了半年,时不时还会在晚上视频聊天,看到他在宿舍里光着膀子吃泡面、抽烟,和室友一起看《蜡笔小新》。

大二的时候,我逃了一周的课,去厦门找他玩。他带我去鼓浪屿,在每个特色小店前拍照留念。逛完鼓浪屿,我对王大锤说:"老大,我以后的梦想就是开一家这样的店。"

"那祝你生意兴隆。"

"你不考虑入股吗?"

"开店多累啊,我的梦想是中五百万,然后和心爱的人一起去环游世界!"

当然,他最后没有中五百万,而他却有了心爱的人。

回北京的前一晚,我和他们宿舍的人一起吃饭,最后有人喝多了,拍着王大锤的肩膀说:"包子比李月亮好太多了,你跟包子在一起得了,干吗偏要去追一个追不到的人!"

"包子啊,哈哈,她才不会喜欢我呢!"王大锤笑着说。

最后,我们都喝得有点儿高,一行人颤颤巍巍地回学校,王大锤在前面走着走着就一屁股坐到了地上。

## 恋爱勿扰

回到北京之后,我感觉酒还一直没有醒。因为一旦清醒,我就不得不面对一个现实——王大锤恋爱了。是在我走后的第二天，那个叫李月亮的女生，突然答应了跟他在一起。

王大锤的室友都以为我不认识李月亮，其实我怎么会不认识呢，我们还是高中同学呢！李月亮是我们班的英语课代表，一头乌黑的长发，每次站起来读英语课文的时候，她都会先捋一捋头发，也许王大锤就是从那个时候起开始注意到她的吧。

所以后来，他才会坐到最后一排，只是因为可以静静地欣赏她的背影。原来，那会儿他故作发呆耍酷的样子都是事出有因啊。

就连他高考落榜的事儿，也是因为她太紧张在英语考试时突然晕倒而放弃了考试。他是为了她，才故意考砸，然后好跟她一起复读的，随后又一起考入厦大。

在我去厦门之前，我对这些毫不知情。在厦门那几天，我还一直嚷着要王大锤把她叫着一起玩。但王大锤愣是打死都不肯，还声称跟她不熟，平时也没怎么联系，突然叫出来玩感觉怪怪的。

所有的一切，都不过是他没有把她追到手。

现在好了，他功德圆满了，终于将暗恋变成了相恋。我们也不再像从前那样每天在网上都有聊不完的话，他的QQ头像一直都是灰着的。而签名改成了：恋爱中，勿扰。

## 不可替代

王大锤的恋情一直持续到毕业，外语系的李月亮跟一个加拿大外教在一起了。我是从王大锤室友那里得知消息的，听说，王大锤伤心欲绝，每天借酒浇愁，都得酒精肝进医院了。

但他对我却只字未提，我也就假装什么都不知道，就像那一年，我坐在他的身旁，我眼里的他，却将另一个人放进了心里。

失恋之后的王大锤回了老家，他在电话里笑问我："何时归故里？"

"你想我啦？"

"还真有点儿，不过你懂的，真的只是一点点。"

我当然明白他的意思，但听到他说想我，我还是很开心，就像考试拿了高分那种感觉，不真切，却是事实。在北京待的这两年，我也试着接触了几个男生，最后都无疾而终。或许是我对少女时代的幻想还有一丝留恋，又或许是还没有遇到真正对的那个人。但不管怎么说，在真爱来临前，身边有个熟悉你的、关心你的、愿意陪着你胡吃海喝的人在，是不是会更好一点儿？答案是肯定的。

于是，我在年底辞掉工作，买了回家的机票。在王大锤的鼓励和帮助下，我终于圆了开店梦。开业当天，王大锤亲自下厨做了一桌子菜。开饭前，我问他喝啤的还是白的，他竟然皱着眉头说："我喝可乐！"

"咦，你不是很爱喝酒吗？"

"那次喝太多了，难受。"

"没事干吗喝那么多？"

"失恋了呗，你不懂。"

"我去，你失恋了，竟然不找我……"我是想说，竟然不找我陪你喝酒。他一口打断我："包子，你明知道我不喜欢短头发的女生啊。"

"那待我长发及腰……"

"拿来拖地可好？"

王大锤还是那么贱，他身边也不乏各种女生，但我心里清楚，没有一个能取代我。就像在我心中，他的地位也无人可替代。

尽管这跟爱情没有关系。

# 再见，足球男孩

/ 多多

**乌龙球和指南针**

凌子扬和唐紫同桌了两年，不管天晴下雨，总要在唐紫耳边聒噪一句："优等生，什么时候来看我踢球？"

唐紫总在一堆试卷里，头也不抬："凌子扬，那你什么时候看我背英语？"

凌子扬打了个哈欠，说："那不如睡觉。"

唐紫早有耳闻，凌子扬在足球场上是个风云人物，但是她偏偏不感兴趣，一堆人抢一个球，那是一点儿意思也没有。

那日，她从球场路过，凌子扬穿着白色的球衣，一个圆圆的东西在他脚下滚动。唐紫突然发现凌子扬像风之子，在深绿如玉的草坪上灵动，白色的球衣显得特别耀眼，他左一个过人，右一个突破，抬脚一个漂亮的射门，球进了。

凌子扬脱下球衣，奔跑着庆祝，这时才发现，队员们个个犹如遭五雷轰顶，呆立在原地。

唐紫笑弯了腰，心想下周你生日，知道送你什么礼物了。

关于这个乌龙球，凌子扬是这么解释的，我本来带球过人，左兜一下，右转一圈，来来去去分不清东南西北了。一抬头，看见球门就在眼前，机不可失，时不再来，于是抬脚就射门——凌子扬悲愤地说，进得非常漂亮，可惜是自家大门。

唐紫忍着笑，说："我以前觉得足球很没看头，原来这么好玩。"

凌子扬半天回了一句："哎，反正打击我是你的乐趣。"

唐紫再接再厉，从书包里拿出一个指南针，笑嘻嘻地说："这是生日礼物，出门在外，居家旅行，尤其是在足球场上，大有作为。"

望着唐紫手中小小的指南针，凌子扬脸上一会儿铁青一会儿煞白，终于，他用力一抓，把指南针牢牢捏在手里，指关节发出"嘎嘎"的声音，牙关紧咬，半天蹦出一句话："好啊！你唐紫，还在我伤口撒盐，哼，知耻而后勇，这东西，在下收了。"

### 他和她的愿望

唐紫从老师家补习出来，已经很晚了，苍穹如泼墨，厚厚重重压在头顶，喧闹的校园这时非常宁静，还能听到一些不知名的小虫声声唤着。

她远远就看见凌子扬，一个人仰天睡着，躺在绿茵场上。

凌子扬光着膀子，露出黝黑匀称的上身，一团团青草像轻柔的羽毛包裹着他，他侧脸很好看，鼻子很高，嘴角弯弯上翘。唐紫想，要是没有旁边皱巴巴的球衣，他还真像从漫画中走出来的人物。

唐紫走近了，才看清他脸上大颗大颗的汗珠，还有些泥土的污迹。原来她在补习，他也认真练着球技。

凌子扬的眼睛里突然出现同桌的脸，一个翻身坐起来。他大惊失色："有没有搞错，半夜三更不回家，还到处吓人。"

这不是骂我长得跟鬼一样吗？唐紫心中愤愤，扭头就走。

一个人闷声闷气走了一段路，听到凌子扬在身后吹了一记口哨，然后一辆自行车像大鸟般绕过她，车轮的辐条粼粼发光。凌子扬向她招招手，说："上我的奔驰，来，你一个人回家，碰到怪叔叔劫财劫色怎么办？"他话语一转，"不过，你也没有什么本钱。"

唐紫一股火气往上冒，想到有免费的司机又活生生把这口气咽了下去，狠狠地跳坐在后座上，恶声恶气说："快开车。"

自行车，摇摇晃晃穿行，车轮转动，追逐下坡上坡。路边昏黄的灯光穿过梧桐树的枝头，细细碎碎洒在他们身上。唐紫扬着脸，惬意地享受着晚风拂面，长长的马尾飘动，有点儿飞的感觉。

"只可惜不能看见星星。"唐紫说。

凌子扬一个急转弯，狡黠地说道："这有什么难的。"

凌子扬说带她去看星星，不过是在漆黑幽深的植物园里指了几只萤火虫给她看。

唐紫在自行车后面颠簸了半天，又随着他飞檐走壁爬进了植物园，弄得整个人灰头土脸。

不过看见几个闪光的小东西，便什么疲惫都忘了，她蹲在地上，口中念念有词。

"你神经啊，对着萤火虫许什么愿？"

唐紫瞪着他："你不会浪漫一点儿，把它想成是流星吗？"凌子扬愣了一会儿，最后也跟着她蹲了下来。于是，一个球服男生和一个校服女孩，在阴森恐怖的植物园，蹲在一个花坛边，神神叨叨反反复复地念：

我要考进重点大学，我要考进重点大学……

我要考进足球学校，我要考进足球学校……

## 生命中的一部分

凌子扬的骨折很突然。就那一个周末，他练完球骑着车往回走，正俯冲一个斜坡的时候，路边突然蹿出一只类似猫的动物，他反应敏捷，一个急刹车，根据惯性一个利索的前空翻栽了出去，马上又受到万有引力的影响，重重地摔在地上，着陆时左腿发出一记清脆的"咔嚓"声，凌子扬知道完了。

透过病房的窗，凌子扬半坐在病床上，左腿被包得严严实实，他极其不耐烦地敲打着脚上的石膏，好像这样骨折就会愈合得快点儿。

唐紫默默推开门，一口气放了好几本参考杂志和课堂笔记在凌子扬面前："凌子扬，你半个月没有去上课了，别以为踢足球就可以不用学习了。这个都是我自己的笔记，你爱看不看。"她又从背后拿出一本足球杂志，画蛇添足说上一句，"书摊大减价买的。"

凌子扬看着封面上激情四溢的C罗，双眼像是被灼伤一样，猛地转过头去。

唐紫知道自己好心做了坏事，这个时候不应该拿足球杂志来刺激他，她手足无措地站在一旁，支支吾吾说不出一句话。

凌子扬摸着自己的下巴，没头没脑地问了一句："你说，我这腿还可以踢足球吗？"

他问得可怜兮兮，唐紫听着也是悲悲切切，于是，便用最柔和的语气说："肯定可以踢。"

凌子扬一头倒在枕头上,双眼望着白森森的天花板,喃喃地道:"完了完了,最爱和我唱反调的人也开始安慰我了,这次真的完了。"

唐紫拿起足球杂志劈头盖脸砸过去:"那我就说你爱听的,你这辈子也成不了你的偶像C罗。"

凌子扬看着唐紫,说:"成不了C罗没有关系,不能进足球学校也没有关系,我就怕我这辈子不能踢球了。"

他的语气平平淡淡,空洞乏力,唐紫心中像是被一根针扎了一下,鼻子酸酸的,要是离开足球,凌子扬也会失去活力。

唐紫拿来想去不知道怎么说安慰的话,最后只好闷闷叹息道:"天妒英才啊。"

旁边的护士阿姨差点儿笑岔了气:"凌子扬,医生给你说了无数次,愈合了踢足球没有影响。"凌子扬慌忙给护士阿姨使眼色。唐紫恍然大悟,怒气冲冲抱起参考书、笔记还没忘了足球杂志,恨恨地说:"你去死吧。"

凌子扬在背后一声一声叫:"开个玩笑嘛,你别急着走呀,走也把杂志给我留下啊!"

唐紫头也不回,走出医院大楼。阳光照在玻璃幕墙上,明晃晃地射着眼睛。我居然上了他的当,还好没有同情心泛滥哭出来。不过凌子扬还能踢足球,真好。

### 写下你的名字

后来便不咸不淡了,唐紫继续看书做功课背单词,向着重点大学奋斗。凌子扬的腿伤也慢慢好了,终于有一天,他又驰骋在幽绿的草地上了。

唐紫微微有点儿惆怅,再也没有什么牵绊,他一定会去寻觅属于他的那片天空。

凌子扬果然说走就走，在一个阴晴不定的下午，凌子扬突然告诉她一个消息："嗯，那个，今天是我最后一天上课，星期天我就要去上海了。"

唐紫怔了怔，眼前有无数道光影划过，他的白色球衣，他的自行车，他和她在植物园许愿，这些光、这些影，慢慢清晰，凌子扬实实在在就在她面前，一张阳光干净的脸。

"哦。"她漫不经心答了一句，低下头，英语单词突然一个也不认识了。

唐紫在人潮如织的火车站找到了凌子扬。凌子扬给她打了个招呼，转过身去忙着和自己的朋友哥们说话打闹。唐紫站在一旁插不上话，暗暗觉得自己多余，凌子扬根本就没有叫她送别，自己跑来真是无趣。

车站催着去上海的人进闸了，凌子扬这才一回头，跑到唐紫面前，从旅行包里拿出一个阿迪达斯珍藏版足球。他递给唐紫一支笔，脸上似笑非笑，说："和你同桌两年多，给你个大大的荣誉，在我这个足球上签个名吧。"

他那些兄弟朋友一起起哄，这只足球，凌子扬从来不舍得踢，就差没把它当神一样供奉起来了。

唐紫握着笔，手心不停出汗，脸上火辣辣的。她慌慌张张在上面写了两个字，递给凌子扬时，发现凌子扬的脸像猴子屁股。

凌子扬向他们挥挥手，转身走向闸门，唐紫突然叫了一声："凌子扬！"她想说，你别太勉强，你的腿才刚好，你不适应上海的天气小心感冒，你可以上网和我聊QQ，你可以给我发e-mail（电子邮件），你还可以写信打电话，话到嘴边，变成了"凌子扬，多进几个乌龙球"。

凌子扬没有回头,只是举高了自己的旅行包,拉链上挂着一个指南针,轻轻晃动着。

在几周之后,唐紫翻开语文书的时候,发现一张字条:来上海读大学吧,优等生。

唐紫笑了笑,字写得真难看。

她从作业本上扯下一张纸,"唰唰"写下几个大字,放在旁边空空荡荡的课桌下:再见,足球男孩。

## 女神莫欺少年矬

/ 围子 /

我小学时代一共换了两个同桌,全是男孩子。

第一个我叫他土豆,因为这哥们整天除了玩泥就是玩泥。他经常穿一套海军衫,早晨上学时是蓝白相间,下午放学就变迷彩的了。下课铃一响,他和另外几个男生总是一溜烟跑到操场西南角,因为那儿离水房最近,他们几个在那儿用泥巴垒城堡,据说各自划地盘,好像还分什么楚河汉界。

夏天一来,土豆他们一群男孩子就显得格外亢奋,他们在下课前五分钟都摆好架势,只等铃声一响就蹿出去,他们抓树上的虫子,把虫子放进一个个泥巴垒的窝里,再气喘吁吁地跑回来上课,汗顺着脸蛋儿往下淌,一条条都是泥印子,我紧紧扯着我的白裙子,生怕土豆突然转过头来把泥蹭到我的裙子上。于是,整个夏天我都就着土豆的汗味儿与讲台上老师慷慨激昂的"六六三十六,六七四十二"一遍遍消化掉加减乘除,啧啧,这酸爽!

第二个同桌叫圣斗士,那时候这词儿跟剩女没什么关系,他能得此殊荣全是因为他好斗,呃,是好和女生斗。圣斗士打架的招数从不是抡拳头,他挠人,你且看他眼镜后面的小眼睛直盯着你,眉头一皱,嘴一噘,那他就要出手了。不知你见没见过猫咪打架,凌空一跃,在空中伸出千爪万爪,圣斗士得了这种打架技能的精髓,他一出手基本上一分钟之内不会让你有插手的余地,无影手翻飞,总之,你护住脸就好了。那时候的我深深讨厌他,总觉得他就像个泼妇,我俩桌子上的三八线延伸到脚底下,他要是过了线,我恨不得拔刀相向。

那时候,我后桌是班长,也是个男生,他学习好,会唱歌,五年级的时候就做了大队长,带着一群大队委检查每班秩序,真是威风极了。他从不玩泥巴,一身白色的运动服一尘不染,甚至从没和我们班女生吵过架,当我同桌对周围的人发功时,他总是出手制止。

那时候觉得,全班男生就这么一个好人,班长以后肯定能做省长,土豆那么脏肯定要做清洁工,至于圣斗士嘛,哼,让他去喂鸡好了!人类才不要跟他相处!

春节的前一天,我突然被拉进一个微信群,大家在群里叽叽喳喳。

第二天的同学聚会约在了一个会馆,有些人已经十五年没见,我们尖叫拥抱大声喊着彼此的名字,拼命回忆小时候的一点一滴,好像那样就可以狠狠抓起时光的尾巴,把小时候圆滚滚的记忆一一唤醒。

土豆说他现在呀,有钱花不出去。土豆大学学了土木工程,毕业签了中铁,常年在工地,也没时间"进城"。他自己包了个小项目，预计收益接近七位数。

我嘴上损他"现在不和泥了，改和水泥了"，可是看着土豆现在的样子，怎么都不能把他和当年那个满脸泥印子气喘吁吁的小男孩联系到一起。

圣斗士考了中科院的博士，我问他下一步的打算，他语气轻柔地说"读完博士后再说吧"，这时小L蹿上来，撩起胳膊举到圣斗士面前，"看你当年给我留下的疤，我差点儿嫁不出去！"圣斗士的脸腾一下红了，战神圣斗士，你还是你吗？

小时候我们总爱讲，长大了我要做医生，做画家，做诗人，做科学家，可是后来我们多数没能成为我们口口声声想要成为的人。

其实，人的一生啊，要走多少条路，埋下多少颗种子，或许某一个拐角之后，过去无意间埋下的种子就已经在不知不觉中生出一片森林。人生如此奇幻，哪一个翻云覆雨的人不曾是一个愣头愣脑的少年？

至于我的班长嘛，他当然还在向当省长的路上前进着咯！

# 白衫成花

/ 北方 /

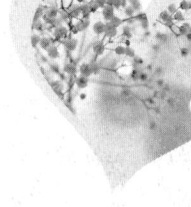

**1**

校园边缘的绿荫肆意蔓延着，充沛的阳光穿透窗户，铺在面前的桌子上。

你认真地低头写着同学录，一改以往嘻嘻哈哈的形象。骨节分明且好看的手指握着笔沙沙作响，整个世界好像静得只剩下了你的呼吸声和写字的声音。

我的头上出了一点儿汗，用纸巾擦掉，把飘起来的头发顺到耳朵后面。现在，要保持最好的形象，毕竟，这是和你同桌的最后一天。

明明早已习惯了在想不出数学题的时候，有你拍一下我的头；明明早已习惯了在你打篮球后，自然地扔给你一瓶矿泉水；明明已经习惯了在吃薯片的时候，有一双骨节分明的手伸进袋子里轻车熟路地拿出几片塞进嘴里；明明已经习惯了你手足无措地在语文课上站起来时,在底下小声地告诉你答案……同学录写完后,你轻轻递给我,却不动声色。

## 2

看见你之后我才发现,居然有人能够把校服穿得这么好看,清爽,又帅气。斜斜的刘海遮住眉毛,笑起来酒窝浅浅。

你是我的同桌,每次看着你浓密的睫毛上挂满了阳光,我都会在心里骂自己没出息,同时暗自感叹,怎么会有这么帅的人。

可是在我眼中如此完美的你,如同天使一般的存在,却被班里另一个女生说是"一般般",然后,我们竟然就因此吵了起来。最后我们吵架的事情传到老师耳朵里,老师找来我们问了原因,教育我们一通后,竟然把你也叫进了办公室。从办公室出来后,你的脸色十分尴尬,都不敢正眼看我们两个。然后,你就再也不是我的同桌了。你的新同桌很活泼开朗,总是用油笔捅你的左臂,说起话来好几筐都止不住,每次看见她跟你说话,我的心就像是被人揪了一样疼。

## 3

高二下学期,你终于又成了我的同桌。

高二刚开始的时候,我状态不好,成绩下降的趋势根本无法阻止。仅仅是因为她们说你讨厌理科不好的女生,我就决定拼了命去学。高二下学期的那些考试里,我的排名居然一路飙升,最后一次月考考到了全班第五名。这就意味着我可以挑选座位。

当我在你身边坐下来的时候,为了不让老师怀疑,我装模作样地低头做题,愣是没往旁边看你一眼。

也许是因为我们之前做过同桌,也许是因为分离后再相聚分外珍惜,你居然主动和我说起话来,我则紧张地回复着每一句话。那天你出去打球,回来后我自然默契地给了你一瓶矿泉水,你的喉结上下滚动,喝完说:"不如我封你为最佳同桌吧。"后来为了迎合这个称号,我其至主动帮你写过一次语文作业,你说身为你的同桌不能让你丢人,所以要负责教我数学题,我每个月买的杂志也要先借给你看……

### 4

也曾经和你一起奋斗过高三,没日没夜地做卷子,那种生活真的很枯燥乏味,不过你总是能让我立刻清醒起来:"别犯困,我们可是最佳同桌啊,到时候考同一所大学喽。"我点头,认真地看着你。

"等高考完了,一起去看新出的那个电影怎么样?"我愣了愣,赶紧点头。

"同学录写好了,再见了。高考完我跟我爸离开,不能看电影了。"你站起身来,这次我没有点头。

原来,那些充满希冀的话,只是鼓励与告别。我竟然忘了,高考完,就要散落天涯。忘了你与我不会是同一所大学的人。但是我从来没有忘记,喜欢你。

你从来不会穿小说里男主角的白衬衫。但是那件男主标志的白衬衫,却在我的世界里和你一起永远散发着耀眼的光芒,最后成了一朵白色的玫瑰,装点在故事的结局。

# 我是否错过了一杯咖啡

/吴楠/

上高中的第一天,程锦认识了同桌王雨潇。

她话少,安静得似乎可以被遗忘,但其实,见了她一眼的人,总会忍不住看第二眼。王雨潇算不上特别美,只是身材小巧瘦弱,皮肤白皙光洁,也许是鼻子不太挺的缘故,程锦觉得她的那双大眼睛显得又好看又不敢逼视。他想:难怪她那么沉默寡言,一双水灵灵的含露目已经替她说话了。

一个晚自习,王雨潇本来在一张纸上写写涂涂,不知道写的是歌词还是诗句。写着写着她将那一张纸撕成碎片,然后捧在手心,问程锦:"哎,你猜,有多少张?"

程锦当时脱口而出:"108张。"

王雨潇笑了,不常笑的人笑起来尤其好看,她说:"回答正确!"

"啊?"程锦觉得不可思议。

王雨潇却已经把纸片扔进了垃圾桶,说:"这个问题的真正答案不是那些纸片有多少张,而是你愿意陪我玩这个无聊的游戏,我也没数过,所以你说多少就是多少咯。"

真是个奇奇怪怪又可爱的女生,程锦心里偷偷乐着,继续看着《水浒传》。

也许这次的游戏就像是一种考核,程锦幸运地通过了,两个人的话也开始多起来,但程锦依然很少见到王雨潇的笑容。

一个周末,程锦在和哥们儿打球,接到了王雨潇的电话。她语气平淡,说自己迷路了。程锦飞快到达了她说的那家超市,然后打给她:"你在超市里面还是外面?"

"我在出口的地方。"

"这个超市有好几个出口,你在哪一个?"

王雨潇说:"我不知道。"

是啊,在超市迷路的女孩,又怎么会知道自己在哪个出口。

程锦说:"好,你别动,我一个一个出口找。"

不一会儿,程锦就看见了那个瘦小的身影,她立在那里,真的没有移动步子,只有眼神在搜寻着。

碰上程锦的视线,她笑了。

她的样子并不像一个迷路者看到来救助她的人,而像和朋友玩躲猫猫游戏被发现了。王雨潇就是这么一个几乎没有任何方向感的人,但她从来没产生过卑微感。

程锦送她回家,转街入巷,王雨潇停住脚步:"前面就到我家了,谢谢你,再见。"

王雨潇的背影在程锦视线里越来越瘦小,他觉得这样的女孩子,天生就是要人保护和怜惜的。他便习惯了送王雨潇回家,也习惯了在转街入巷的拐角处目送她的背影。课间,一个女生问:"程锦啊,你跟王雨潇什么关系啊,老送她回家?"

"好朋友啊。"程锦回答。

"哼,就她那自命清高,眼睛长在额头上的人,会把你当好朋友看吗?我看你别一厢情愿了,跟我们一起玩吧。"

"王雨潇不是你说的那样。"

"好,你说你们是好朋友,你去她家玩过吗?你知道她家有哪些人吗……"她突然没了声音,走到自己座位去了,程锦这才看到王雨潇走了过来。

又一次送王雨潇回家。

转街入巷的拐角处,王雨潇没有开口说再见,只是定住了脚步。

程锦是从来不会猜测女孩子心思的,尤其是像王雨潇这样的女生,心思就更难琢磨了。更何况王雨潇现在背对着他,连表情都看不到。但程锦可以肯定的是,王雨潇是不可能主动开口邀请他去自己家里玩的,哪怕人人都觉得是很自然很随意的事,她觉得是一种矜持,就是一种矜持。

"我,好像错过了什么?"程锦打破空气中的沉默因子。

"哦?是什么?"王雨潇回过头来。

"也许,是一杯咖啡。"

王雨潇笑了:"我妈妈煮的咖啡特别棒,你想尝尝吗?"

两个人并排走着,愉快地谈天说地。

程锦一直都知道,这个女生,靠近的时候,并不像她的背影那么清冷。

# 一生说一次

/ 李阳 /

他是从别的学校转过来的插班生。

即使过了很多年,每当回忆起第一次见到他时的情形,她仍觉得清晰得好像就在昨天。

记得,那是一个秋日的午后,空气里都是太阳的干爽味道。

他跟着班主任走进教室,身材颀长,面孔白皙,神态沉静,穿着雪白的衬衣和深蓝色的裤子,梳着三七开的小分头。

他从她的座位旁边走过时,他的身上散发出一股好闻的香皂气味。不用回头,她听出来了,他坐在了她身后的座位上。

那时,还没有双休日。每周日休息一天。每个星期天的上午,她都去少年宫的课外辅导班上作文课。课间休息时,她曾经看见他拿着航模在院子里试飞,他是少年宫航模兴趣小组的。少年宫还有书法小组、声乐小组、手风琴小组、武术小组等。每个周末的少年宫,都是热闹和喧嚣的。每个星期天下午,她都去新华书店看书。

遇到特别喜欢的书，就用节省下来的零花钱买上一本，比如到她生日那天，买一本书送自己当作礼物，还在扉页上工工整整地写上"某年某月某日多少岁生日，购书留念"等，并郑重其事地写上自己的名字。

他也在那里看书。虽然总是见面，但他们没有说过话。两个人偶尔在某个书架旁遇到，目光相碰后，须臾又转向书架，并不搭腔。

课间，她回头笑着对他说："好巧呀。"他抬眼看着她，立即认出了她，也笑着说道："是呀，好巧。"仿佛有了默契。再去少年宫上课时，她课间会跑到航模兴趣小组看他怎么做航模，他教她拿着自己做的航模试飞。

有时，她也按照他的吩咐，拿着细砂纸帮助他打磨航模上的某个部分。或是削铅笔，递胶水。再去书店时，他看见她会打招呼，眉毛一扬，用眼睛问她，在看什么书？她冲他亮亮书的封面，并不吭声。他微笑着，对她点点头。随即离开，去找自己需要的书籍。

有一天放学，他悄悄跟她说："晚点儿走，有事。"同学们陆陆续续背着书包走了，教室里就剩下他俩。他神秘兮兮地从书桌里拿出一个盒子，递给她。

她接过盒子，疑惑地打开一看，啊，是一只巴掌大的精致的小木船。

小木船太漂亮了！有船舱、桅杆、白帆、缆绳，船舷是用细细的铅笔芯做的，船身刷着红白相间的漆。大概刚刚做好，小船散发出一股好闻的油漆味，和她在少年宫航模组闻到的气味一模一样。

她满心欢喜地看着小船，真好看呀！她简直爱不释手。突然，他从身后抱住她！双手搭在她的两臂上，他那沉重而又急促的呼吸声，骤然在她的耳边响起，鼻翼中喷出的热气，撩拂着她的耳畔。

沉浸在欣赏之中的她,被他这突如其来的举动震惊了!她用力挣脱他的双臂,转身扬起空着的一只手,狠狠地在他脸上打了一巴掌!

他用手捂着被打的半张脸,半张着嘴,面色羞愧极了!

也许过了半个世纪,也许过了不到0.01秒。不知所措的她,把手中的小船用力摔在地上。顾不上拿书包,转身跑出了教室。

那天是她的生日。

第二天,当她来到教室,垂着脑袋坐在自己的座位上,感到身后一片冷清。

他没再去上学,听说他又转学了。

星期天,上午,她没有在少年宫看到他消瘦的身影。

星期天,下午,她没有在新华书店看到他那羞涩的微笑。

在那以后的若干个星期天,她再也没有在少年宫和新华书店见过他。

有一天,她在自己的铅笔盒里看到一张折叠的纸条,打开一看,上面画着一颗巨大的鲜红的心,几乎覆盖了整张纸面,在红心的上面用红色的粗大字体写着:我爱你……

她的手颤抖着,眼睛被"红色的心"染成了红色。

她忽然感到自己永远失去了什么,心里空荡荡的。

高考,上学,毕业,工作。日子就像小溪的流水一样,有时欢快,有时平静,却一直不停地往远处走去。

同学聚会,他没来。听说他结婚了,她当场泪流满面,哭得无声无息。

她接到过一次他打来的电话,他一定是喝多了。

他说,妻子一直让他说爱她,哪怕就一次,但他不能说,他也说不出来。

他说，爱就一个字，一生说一次。他已经对她说过了。

她举着话筒，默默无语。

若干年后，一个冬日里的星期天下午，她领着儿子去新华书店。

忽然，在少儿图书的书架那里，她看见了他。

她立即拉起儿子的小手，转身出了新华书店的大门，赶紧往家的方向走去。

那天，是大雪后，人行路上的积雪被往来的行人踩出乱七八糟的脚印，儿子穿着小皮靴，高兴地踩着积雪，欢快地笑着。

身后发出"咯吱咯吱"踩在雪地上的声音，她没有回头。但她知道，他跟在后面。

他的声音从身后传过来，说："这是你的儿子？真好看，长得像你。"

天是阴的，迎面走过来的行人都会瞟她的身后几眼，她明白，他戴着墨镜颇为怪异。

她没吭声也没回头，一直走一直走。身后"咯吱咯吱"的声音，戛然而止。她一直走一直走，梗着脖子走回家。

留在雪地里的他，不能摘下墨镜，他已经热泪盈眶。

又过了很多年，其间同学们总"巧立名目"搞聚会，他从来没有参加过。

大家也没有他的消息。毕竟他是插班生，才待了一年，就转学了。

当网络成为生活中的必需品时，一次，她试着在网上百度，居然真的查到了他的实名博客！

她打开浏览，发现相册里面有很多照片，都是他参加滑翔伞活动的留影。

看上去,他头发有些花白,脸上出现不少皱纹。

她心想,喜欢做航模的他,终于自己上天飞翔了。

个人资料里留着他的QQ号,在线,她申请加了好友。

她用的是网名,以为他不知道她是谁,但他的第一句话就让她大吃一惊。

他敲在对话框里的七个字是:这个生日我记得。

她的心"扑通扑通"直跳,面孔发烧,有些不知所措,手忙脚乱地把自己设置成隐身。来不及下线,赶紧关了电脑。

想了想,她又打开了电脑,从好友群里删除了他的QQ号码。

睡不着,她找出好几年前写下的那首诗:

谁能告诉我

一生是不是只会爱一次

爱一个最好年纪的白衣少年

那坐在我家窗下的白衣少年

那骑着自行车在大街拐角

假装偶遇的白衣少年

那个在操场上吹口哨的寂寞少年

那个课堂上看着我的发辫发呆的少年

那个眼睛躲闪眼神热烈的少年

还记得心中的美丽姑娘吗?

你的白衬衣呢?

你的牛仔裤呢?

你的吉他呢?

你激情飞扬的青春呢?

她拿着雪白的信笺,看了一遍又一遍。面带微笑,泪光闪闪。她把诗稿焚烧了,找出保存多年的那张鲜血写成的"我爱你",也烧了。

仰望星空，半生已经流逝，青春万岁！就把过去丢进风里，抛在海里，埋在心里吧。

那年，她的儿子，也到了她和他第一次说"好巧呀"的年纪。

## 暗恋成灾

/ 黑武士 /

初中毕业那年,坐在我前排的男生给我同学录上留下了一句话:大海一样的女孩。可他不晓得,我早已暗恋了他好久。这算是我跟他少有的连接。

苏格拉底说暗恋是这个世界上最美丽的爱情。这样的感情很容易让人变得好像伊卡洛斯那般,冒着被融化坠海的危险,但我不得不承认,这也让它显得很有诱惑力,让单薄的爱情变得好性感。

这个男生有一双跟火焰一样的眉毛,他的眼睛总是冷冷地注视着周围的一切。在吵闹的人群中,他显得很安静。在一堆耍帅的男生之中,他是那么与众不同。我自私地想,要是他可以永远被淹没在黑暗中,他一定就是我的了。在几何课上,我认真地注视着他的后脑勺儿,那些抽象的数学符号刹那间恢复了生机;地理课上,我会跟他一起坐着列车穿越东南亚的原始森林;生物课上,我则会因为他朦胧的线条而浮想联翩。几百个日夜,几万个钟头,我一直悄悄地守护着这个秘密。我学不会驯服，只晓得守护。

我昼夜不分地在荒漠里来回奔波，而他，不动声色地变成地中海的一阵风，吹过我的头发，留下一声温柔的叹息。

我没有那么好运，也不是沈佳宜，可以有那么大的魔力成为那个男生的苹果。我平庸得像一粒混杂于黄土中的沙，而他，在我眼里，太特别，以至我好想抱抱他。可惜，我只是一粒沙，没有那样的勇气，也没有那样的力气。

可是，暗恋的力量好强大，比飓风还让人无法驾驭。

记忆中的无数个夕阳西下的傍晚，他总是骑着一台单车穿梭于回家的路，而我则毫不疲惫地追他追了好几百米，最后对他家的线路竟跟背九九乘法表一样烂熟于心。我总是躲在远远的地方，在昏暗中，在逼仄的一隅里，看他那白色的polo衫（原本称作网球衫）在风里被温柔地吹起，看他像一只金色独角兽穿越整条街道，每一个步伐都会在我的心里激起重重的回响。他在东九区，我在西一区，几十米的距离在那一刻变得好近。

2007年香港禁烟前夕，张志明开车带着余春娇跑遍整个香港买好彩头，那台车便是他们的整个世界，而我跟他的世界，很小很小，却可以有无限的可能。很早以前看过《猜火车》，男主进入马桶的另外一侧，发觉是整个太平洋。我毫无防备地进入他的世界，很大很大，在那里面，一度要迷失了自己。好像行走在偌大的长安城，我孤独地往黑暗里走，走着走着，来自公元前的一把火点亮整座长安城。

某个下大雨的晚上，教室里只剩我们两个。我坐在他的后面，感觉空气都凝固了。他戴着白色耳机，低头写着什么。而我，在后面，小鹿乱撞了一整个夜晚。我们各自沉默，没有说一句话，对他来说，大概只是个平淡无奇的下雨天，对我，却好像刮了场龙卷风。有无数的话,在心里排练了一千遍,一万遍,最后化为两个钟头的沉默。连沉默也变成我跟他之间的小秘密,不允许被其他人打扰。

"你在干吗?"

"你在听什么歌?"

"这么晚了,还不回家?"

"你在等谁吗?"

终于,他整理好书包,站了起来。转过头,轻轻地问了我一句:"还不走吗?"

我双眼蒙眬地抬起头,语无伦次。

"要了,你呢?"

我记得,那天,我们走在毛毛细雨里,走过长堤,走过十字路口,走过每盏昏黄的路灯,走在月光下。黑暗中,我偷偷地抬头看他的侧脸,埋没在一片黑色之中,我在心里耐心地勾勒着他淡淡的轮廓。一路上,我们话很少,偶尔会有这样的对话。

"你家还要走几个街道?"

"三个吧,嗯,应该是四个。你家也在这个方向吗?"

"嗯,我绕过去就可以了。"

世界突然变得很安静,我听不到汽车的引擎声,也听不见沙沙的雨声,只能听到自己此起彼伏越来越剧烈的心跳声。潮起潮落,我好希望自己可以省去自然蜕变的过程,如化石一样岿然不动,静静守护着一直在流逝的每一分每一秒。

有时,我会怀疑那个晚上是否真的发生过,但那时的心跳,那时懵懂而认真的沉默,都深深地在我不谙世事的心里打上了封印。

这五六年,我依旧在"撒哈拉沙漠"里来回奔波,看到了太多荒芜和丰茂,而他,在千里外沉默燃烧的岁月中,依旧好像一阵风。可我只买了单程票，永远回不去那样的岁月了。

或许真的没那么重要，可是"喜欢"两个字让它变得沉甸甸的。带着这份小小的感情，我像星战里那个冒失的暴风兵莽撞地追求着什么，想要得到点儿什么。这样的感情不需要点缀，只需要他的一个回应。前桌后桌，在别人眼里一定又是什么烂梗，但这种烂梗，对我却是遗忘不掉的记忆。

再遇见他是很久以后的同学聚会。我远远地看着他，他变得更合群，也更健谈，头发也变长了。现在的他是属于所有人的，没有人知道，有那样一段时间，他被我自私地霸占，骄傲地自认为晓得他的故事，他的特别。后来，他在我的梦里百转千回，抵得上所有的结尾。

# 只差你一个转身，爱一直都在

/ 关东野客 /

周九斤是我们班最瘦的同学，但因为生下来时，重达九斤，周母高兴，就给他取名九斤。

周九斤是我小学同学，刘小米是我同桌，我们认识的时间太久了，久到已经不记得是什么时候认识的。周九斤是从小学三年级开始就喜欢刘小米的。因为刘小米是三年级转到我们班的，为了能跟刘小米坐一起，周九斤请我吃了一个学期的冰棍。后来老师死活不让换，这也就成了他童年的唯一遗憾，我也成了他童年回忆的恶人。

周九斤是真喜欢刘小米，每天早饭不吃，省下钱给刘小米买冰棍吃，以至于成年后，刘小米始终比周九斤高五厘米，我问过他为什么喜欢刘小米。他说：

"你不觉得刘小米笑起来特别好看吗？特别是那根小辫子，就像蜻蜓的尾巴。"

很小的时候我就觉得他的比喻有问题,谁会说一个姑娘的辫子像蜻蜓尾巴呢?

也难怪刘小米不喜欢他,他太不会说话。不过因为他的努力不要脸,事情还是有了起色,只要有刘小米在的地方,就一定有周九斤在。时间久了,班里的同学一看见他们俩,就喊他们是"九斤小米",想想还真挺配的。

可所有的一切,都不妨碍刘小米不喜欢周九斤。我曾经很早很早的时候就问过刘小米,你为什么不喜欢周九斤?刘小米的回答意味深长。

"周九斤哪儿都好,就是太张扬了,恨不得全世界的人都知道他喜欢我。"

我说:"他就是希望全世界都知道,你是他的。"

刘小米撇撇嘴,没再说话。

刘小米学习特别好,情商高,也挺早熟,每次都是班里的前几名。可周九斤永远都是吊车尾,但他好像永远都不担心。偶尔周九斤也会打架,但打的都是喜欢刘小米的男生,初中就这么过着,周九斤依然每天接送刘小米,路上,永远都是周九斤在说话,说一切能逗笑刘小米的话。每天早晨周九斤见了刘小米都说:

"小米小米,你看我是不是长高了点儿?我快赶上你了吧。你什么时候做我女朋友呀?"

刘小米总是笑眯眯地说:"还差点儿,快了快了。"

周九斤之所以每天都缠着刘小米这么说,是因为在小学的时候,刘小米就告诉他,如果想让我喜欢你,你就要比我高。从此周九斤的生活里,除了刘小米就是吃鸡蛋打篮球。可不管周九斤怎么努力,刘小米始终比他高五厘米。周九斤不止一次跟刘小米说:"你等等我,别长那么快呀,我很辛苦的。"终于有一天发现,刘小米不再长个儿了，可还没来得及高兴，周九斤发现，自己也不长了。于是他们的身高永远相差五厘米。

刘小米究竟喜不喜欢周九斤，没人清楚，但我知道。有一次周九斤发烧，没来上学，第一次刘小米自己上学。多年后刘小米告诉我，那天她是一路哭着去学校的。可这也是许多年后我才知道的，年少的周九斤自然无法知晓了，他仍然在孤军奋战，傻了吧唧。

高中毕业，刘小米去了上海的大学，周九斤没考上，差了五分。就像他和刘小米的身高一样，永远差着五厘米，其实那时候周九斤不知道，刘小米如果脱了高跟鞋，他们是一样高的，可没人告诉过他，他也不敢去问。刘小米在大学上课，周九斤就在外面赚钱，卖衣服、摆地摊、烤肉串、当司机，什么赚钱他做什么，每到周末就去学校等着刘小米出来，陪着玩陪着吃。钱都给刘小米花了，自己一件衣服也舍不得买，周九斤说值得，刘小米一个人在外地不容易，自己应该照顾好她，毕竟是自己媳妇。

大三的时候刘小米交了男朋友，不是周九斤。

听说那男孩长得人高马大的，是学生会主席，用了一束玫瑰花，把刘小米从周九斤身边抢走了。周九斤后来说过好几次，玫瑰花有啥用呢？她要喜欢，为啥不早跟我说呢？我想告诉他，女孩的心思不是问的，得猜。但还是忍住没说，听说那个男孩正好高过刘小米五厘米，我们也终于知道为什么这么多年，周九斤没戏了。后来周九斤说：

"有些事，勉强不了的，我看着都觉得好般配呢。"我心疼，骂他是傻子。

他也不反驳，他说从小学追刘小米一直到现在，不后悔，但也累了。半年后周九斤离开上海，去了宁夏，跑运输，一路从南到北地奔驰。月月如此。

　　大学毕业，刘小米跟学生会主席分手，找工作，搬家。都是周九斤跑去上海帮忙的。也不说什么，就是闷头干活。刘小米看着周九斤的背影不是滋味，谈不上是什么感觉，像感动又不像，就是心疼，但肯定不是爱。因为刘小米知道自己想要的是什么样的人，不说，就懂。可这件事，周九斤做不到，这么多年一次都没有。看电影只看便宜的，吃饭只选贵的。从不问刘小米喜欢吃什么，想看什么。自己一意孤行地爱着。

　　因为刘小米，周九斤把运输线改成上海到宁夏，他说从上海出发，再从宁夏回来有奔头，因为刘小米等着他呢。刘小米有一天晚上问周九斤：

　　"九斤，你追我这么多年不累吗？"

　　"不累，就是你总不搭理我，觉得有些委屈。"

　　"那我下个月做你女朋友吧，你别委屈了。"

　　"为啥要下个月啊？"

　　"下个月你追我就整十三年了。"

　　周九斤终于追到了刘小米，花了十三年，几乎跨越了他整个人生。虽然要下个月，但他也高兴，这么多年都等了。消息传开后，曾经的班级群都炸了，一个小学班外加初中班和高中班，共同见证了周九斤一路的辛苦。我们都觉得爱情已经不值一提，但在周九斤这里一直那么干干净净。

　　周九斤特别高兴，想给刘小米好的生活，想把最好的给她，给我打电话时，声音都提高了，跟我说："功夫不负有心人，你看我还是成功了吧，刘小米就是我媳妇。"我说是啊，这么多年了，不是你的还能是谁的。什么时候办喜酒啊？班级里都等着随礼呢，等太久了。

周九斤笑呵呵地说:"快了快了,年底就结婚,到时候你们都来啊。"

我说:"一定。"

周九斤是2009年冬天走的,宁夏回上海的高速,大雾,车祸,人当时就不行了。

距刘小米答应周九斤的日子,还剩半个月,周九斤的葬礼是回老家办的,大部分同学都回去了,葬礼那天所有人都红着眼眶。不知道怎么去安慰周父周母,就在葬礼快结束的时候,刘小米来了,她散着头发,光着脚,手里拎着高跟鞋。她慢慢地走到周九斤身边,趴在周九斤身上,像哄着睡着的周九斤一样,轻轻地说:

"周九斤,你看……我和你一样高了。"

"我可以做你女朋友了……你快叫我名字啊!"

"周九斤……我是刘小米,你快起来送我上学吧,我快迟到了。"

"我楼下旁边又开了新饭店,你快带我去啊,求求你了……"

我们实在看不下去,强拉着刘小米离开,在挣扎的时候,刘小米的眼泪落在了周九斤的脸上。周母哭着说:"我家九斤可怎么走啊,他走不了了,走不了了。"后来我才知道,老人都说人死了,是不能让活人的眼泪碰到身体的,不然无法轮回投胎,就得一直陪着掉眼泪的那个人。这件事不知真假,我没告诉刘小米,但我相信,周九斤肯定是不想走的。

第二天周九斤火化的时候,我们打算把他的东西都烧了。可到最后发现,相册里全是刘小米的照片,有考试后的,有毕业时的,很多阶段,就差他们的合影。刘小米求我们把东西给她,别烧了,有几个朋友气不过,骂刘小米"他爱你这么多年,可你没资格"。

我拉开他们，把东西给了刘小米，她抱着那堆东西，蹲在地上，哭得撕心裂肺。我知道她为什么那么伤心，那个爱她半辈子的周九斤没了，再也没有了。

三年后的一次同学聚会上，碰见了刘小米，依然单身。她手上戴着佛珠，神态静穆，我问："你这是信佛了？"刘小米点头，说："也不是信佛，就是舍不得他，想让自己心静一些，也想知道人生在世，到底为了什么。"我说你就打算一直这么单着吗？刘小米笑笑说：

"我没法爱上别人了，我欠周九斤的，一辈子都不够还。"

"你欠他什么？"

"欠他一个答案。"

"什么答案？"

"……"

周九斤笑嘻嘻地问刘小米：

"小米小米，你看我是不是长高了点儿？我快赶上你了吧。你什么时候做我女朋友呀？"

# 亲爱的青春年少

/ 谷煜 /

**1**

　　苏浅颜想起自己十六岁那年的样子,就红了脸。那时,她被班里的同学称为"疯丫头"。

　　她喜欢和同学去学校南边的麦地里聊天,即使马上就高三了,也不能阻止她躺在麦地里,海阔天空地八卦,而改变,是从黎金开始的。

　　那天,她从外边回来,一抬头,看到一张熟悉的面孔,正在那个角落恨恨地看着她。苏浅颜的心,一下子就狂跳起来,没有任何征兆,莫名其妙。

　　黎金是她的后桌,两个人每天一见面就吵,最厉害的一次,苏浅颜把黎金刚买来的小食品都扔了。可现在,是怎么了呢?

　　少女的情窦初开,是不需要指点的,就像孕育了一个冬天的玉兰花,只在一刹那,"砰"地就炸开了,不管不顾。

是的，苏浅颜忽然就不敢回头了，就不敢看黎金那双眼睛了。她在心里骂自己，怎么突然之间就这么没出息了呢？在座位上看书，说是看书，其实眼睛必定跟着黎金，他去哪里，她的眼睛和心就跟着飘到哪里。偶尔黎金一回头，会碰到她的目光，她就"唰"地躲开了，她能感觉到，自己的脸红红的，有那么一会儿，心里是美滋滋的。

她很清楚，不能这样心不在焉了。可是，她控制不住自己，看到黎金和别的女生在一起，她就生气，她就不开心。于是，她开始讨厌自己，觉得自己不够漂亮，头发也是乱糟糟的，眼睛也是小小的，脸也是宽宽大大的，身材也是矮矮胖胖的，总而言之，自己就是个失败的人。

放学了，她从车棚推出自行车，磨磨蹭蹭地等黎金出来。

她看到，开满槐花的槐树下，黎金和几个男生嘻嘻哈哈着，她看得出神。

"嘿，苏浅颜，走啊！"

黎金看到了她，招呼着。

苏浅颜听了，惊慌失措地答应着，慌慌张张地骑上车走了。

她看黎金的背影，清秀挺拔，怎么忽然就那么迷人了呢？

## 2

放学回家，苏浅颜一句话没说，就直接进了自己的屋子。妈妈看见了，悄悄进屋，看到宝贝女儿趴在床上，身子一起一伏，好像在哭。

"怎么了？"妈妈低声问。

"考砸了……"苏浅颜哭得稀里哗啦。"凭什么他就能考第一？凭什么他才考一次第一，就有资格保送？凭什么啊……"

妈妈听出了大概,拍拍她,等她哭得差不多了,说起来吧,这次模拟不行,下次再来,好吗?

苏浅颜抽噎着,爬起来,把书包稀里哗啦地弄了个底朝天,复习资料、书本、练习册,从头到尾地整理了一遍。大有收拾旧山河,从头再来的英雄气概。

第二天,苏浅颜穿了一条浅黄色的裙子,妈妈给她买这条裙子很久了,她一直没穿。她看着镜子里的自己,虽然不怎么好看,个子也不怎么高,但还是蛮秀气的,高高的马尾辫,显得精神十足。

她一路往学校走着,一路想,看到黎金的时候,怎么说呢?原来,成绩下来的时候,苏浅颜整个人都呆了,没想到自己的成绩会这么糟糕,竟然排到了十名之外,而一直在她之后的黎金,竟然坐上了第一把交椅。一怒之下,她趁他不在,把他的笔记、作业什么的,抓了一沓就装进了自己的书包。

苏浅颜一直知道自己不漂亮,之所以敢在黎金面前底气十足,就是因为自己的成绩好。

站在黎金面前,苏浅颜第一次很安静,黎金很疑惑的样子。她忽然不知道怎么说了,一张嘴,自己也吓了一跳:"黎金,对不起,昨天是我把你的试卷偷走了!"

"乖乖,你怎么了?害得我一宿没睡好呢!"黎金夸张地对着苏浅颜张牙舞爪。

苏浅颜红了脸,低着头,说:"你怎么惩罚,我都接受,谁让你比我考得好呢?"

黎金笑了,说:"好啊,那就罚你给我买好吃的,把你给我扔掉的那些美食都买来,咋样?"

苏浅颜使劲点点头,说好,然后很开心地去超市了。原来,喜欢一个人,就是这样,可以心甘情愿地为他做事。

回来的路上，苏浅颜的脚步轻快了许多，周身有说不出的力量，她觉得，她有信心战胜自己，因为这个自己，是要和那个叫黎金的男孩相遇的，相遇在厦大美丽的凤凰花下。

她曾经偷偷看过他的笔记，在笔记里，黎金说，他向往厦大。于是，她的心里也悄悄写下了四个字：厦门大学。

## 3

可是，让苏浅颜真正伤心的，还不是这次模拟考试，而是在距高考一个月的一个致命的消息。黎金因为保送，可以不用来上学了。

苏浅颜的泪，终于不可遏制地流了下来。她说不清楚，自己为什么会这么失落，这么伤心，应该祝贺他才是呀。

黎金来收拾书包了，他说："大家努力啊，我们在大学相见。"

然后，他把他的复习资料分给同学们。苏浅颜一份也没要。不是不想要，她是想独吞，可是，看同学们蜂拥而上的时候，她就不想了。

这小小的人，心里难受着，有想要一直看着他的冲动，却选择了安静。

黎金走了，一个高大的影子，款款离去。

苏浅颜终于还是忍不住了，跑到小院那棵槐树下，倚着大树，看花。洁白的槐花偶尔地飘落，偶尔地飘到她的脸上，把她脸颊的泪，浸得发出香味来。

有多少次，在这槐树下的相遇啊，他知不知道，那是苏浅颜每一次徘徊等待的"偶遇"啊！

她低头，看地上，有不少的槐花已经被踩了，镶嵌在柏油路面上，泛着淡淡的白。当然，还有刚落的，很新鲜，朝气蓬勃的。可是，它们很快也会被踩碎的。苏浅颜有点儿心疼。

黎金说，这槐花香太浓了，不喜欢。当时苏浅颜听了，竟然没有说出话来，因为她喜欢，她写过作文赞美它，老师还在班里读过呢！她喜欢槐花的白，白得多纯洁，隐藏在绿叶间，不张扬，不妖艳，默默散发着香。他却说不喜欢。

黎金走了，苏浅颜一下子没了主心骨。此刻，她多么希望，黎金能来看看她，鼓励她，然后说，你没问题的。

可是，没有，终究没有，苏浅颜只想哭。

苏浅颜明白，自己如果不努力的话，那所大学肯定和自己无缘了。她开始努力了，除了每天五个小时的睡眠之外，她所有的时间都在课桌前，同学们说："苏浅颜，你疯了啊，虐待自己啊！"

苏浅颜笑笑，不说话，该怎样还怎样。当然，没人能看到，她胳膊下的草稿纸上，重复地写满了两个字，不仔细看，几乎看不出来的两个字：黎金。

那是她累的时候，放松的一种方式：想念黎金。

## 4

三个月后，苏浅颜终于如愿迈入了大学的门槛。学校门口的凤凰花，冲她笑着。她也笑了。她到学校的第一件事情，就是找黎金。

高考后的暑假，她都没有联系到黎金。黎金去旅游了。可是，她还是忍不住继续找他。其实，她多想，黎金能来找她呀。

到底，她还是看到了那个熟悉的影子。她的心开始狂跳。

黎金看到苏浅颜似乎感到很突兀，继而又很开心的样子："哥们儿，啥时候来的？咋不早说呢？"

一声"哥们儿",让苏浅颜的心一下子掉到了冰谷,眼泪又差点儿流出来了。黎金嘿嘿地笑着,挠挠头,说:"好吧,有事说话,以后咱又在一条贼船上了哦!"

苏浅颜看着他招手远去,心,一寸寸地凉了下去,泪,落。原来,他并没有放她在心里。自始至终,都是她一个人的战争,在青春的年华里,繁茂地盛开,无人观赏。

她仰头,看凤凰花,想到了洁白的槐花,属于她的槐花呀,在那遥远的故乡,依旧散发着香,却那么远了,那么远。

她一直期望着,有一天,她会和他一起回家看槐花。到今天,苏浅颜才搞明白一件事情,她爱的是她自己的心事,是她自己的青葱岁月,是她自己亲爱的青春,而这一切,都与黎金无关。

有风吹来,苏浅颜走在路上,感觉又温暖,又凄凉。

谁的青春年少里,没有一块这样初恋的刺青呢?而又有谁,不爱自己这样的青春年少呢?

并且,它永远也不会消失,是那将要到来的,共老爱情的,一个纯洁底子,美丽,动人,难忘。

## 那年,谁是你的特别关注

/ 沈锁锁 /

春节回家参加了一场初中同学聚会,席间大家相谈甚欢,无限感慨。那样的青春时光里,总有那么多美好的回忆像金子一样闪闪发光。

坐我旁边的城突然举起酒杯对我说:"栗子,来,我敬你一杯,就算为我当年那场无疾而终的暗恋。"我有些惊讶地端起酒杯:"你暗恋我?我怎么不知道?"

"你要知道的话,那还能叫暗恋吗?我到现在还对班主任耿耿于怀呢。你记得不,初一刚开学的时候,我们是同桌。那个时候你学习好,人又长得漂亮,我当时就暗暗地告诫自己要好好学习,要在成绩上跟你不相上下。谁知我的计划还没来得及执行,老班就重新编排了座位。我当时那个恨啊,要不是他的一个决定,我现在好歹也是个重点大学的学生,你说是不是……"城自顾自地回忆起了当年的好多事情,可我努力想了半天,也没想起来当年我有和他同桌过。

他记得我当年的发型，记得我发箍的颜色，记得我喜欢的歌，爱看的小说，甚至我第一篇被老师当范文来读的作文题目他都记得。我被他说得一愣一愣的，原来我最青涩的时光曾经被一个人这样惦记过。

可是那个时候我也曾这样怀揣着一个小秘密关注着一个人，他是隔壁班的班长，也是全校成绩榜单上我永远没法逾越的一个名字，有他在，我永远只能是第二名。可是也因为他在，我永远不允许自己考到第三名，这样我们的名字永远挨得最近。那个时候喜欢一个人的表达方式是如此隐晦而简单，简单到哪怕只是看到他就好。

我也知道他喜欢的球星，知道他的座位，知道他爱去哪家书店。

那时候，一下课总是无比期待能在某个场合与他偶遇。早晨做操是我一天中最快乐的时光，我总是能在人群里一眼找到他，也只有在这样的场合，我才敢任自己的眼神肆意地缠绕着他。这样默默关注着一个人的感觉，又甜蜜又苦涩。

有一次，终于等到一个我们可以近距离接触的机会，那是市里组织的一场演讲比赛。学校领导商量后，最终挑选出我和他去参加。当我们被老师叫到会议室培训的时候，我的心怦怦直跳，幸福得快要融化了。可是就在我紧张得不知所措的时候，他做记录的笔记本里突然掉下来一张女孩的照片，是小小的一寸照，而这女孩正是我们班的文娱委员，学校大大小小的晚会总是能看到她的身影，漂亮得让旁人自惭形秽。

原来他关注的是她，那张照片应该也是他费尽周折才弄来的吧。被他细心地放在随身携带的笔记本里，可见这个女孩对他有多重要。

那么是不是他也知道她的喜好，她的性格，她的喜怒哀乐？而她却不知道有这样一个人每天默默地关注着自己，就像他也不知道我是如何费尽心思地想要知道关于他的一丁点儿消息。

那一刻，我突然释然了。

许多年之后，"他爱她，她却爱他"也许是狗血的三角恋甚至四角恋的肥皂剧。可是十几岁的时候，我们只是这样不求回报地关注着一个人，喜欢他却没打算让他知道，偷偷摸摸地去搜集有关他的所有信息。

曾经我们都是很专业的私家侦探，因为那份纯粹的简单的喜欢，就那样默默地关注着，哪怕只是看一眼，心里就是闹腾腾的小欢喜。然后就像那首诗里写的"你站在桥上看风景，看风景的人在楼上看你"，就在你不遗余力地关注着某个人的时候，另外一个人正在费尽心思关注着你。

那年，你是谁的特别关注，谁又是你的特别风景呢？其实是谁都不重要，重要的是那样的青春时光里，我们都曾那样认真地喜欢过一个人。那份喜欢，纯粹而美好。

# 黑名单里的爱情

/ 猪小浅 /

### 2000年，你是自命不凡的同桌

千禧年零点钟声敲响的时候，冯莎莎觉得周围每个人都异常兴奋。有人忙着告别旧时光，有人忙着奔赴锦绣前程。而她，却在忙着忧伤。

这一年，冯莎莎带着让人羞愧的成绩升入初中。好在长大，有时候是一夜之间的事情。跨过千禧年，冯莎莎像一头从睡梦中醒来的狮子。她开始摒弃往日里的懒惰，关注起读书这件事。

听课，记笔记，冯莎莎憋着一股劲地给自己定了三年目标。一个学期下来，她在班级的排名和她的身高一样，"噌噌"地往上涨，最后基本稳定在班级的前五名。

13岁的冯莎莎，生得本就好看，如今更是出落得亭亭玉立。走在校园里，经常有高年级的学长在身后吹起口哨。

天知道班主任怎么会让姜小松成为自己的同桌，这个身高不到一米六的小男生，是这个班雷打不动的第一名，总是一副骄傲自大的样子。他的课桌里有各种新鲜玩意儿，随身听、磁带、小说，冯莎莎看得眼馋。

有时候数学老师讲着讲着，突然点名说，姜小松，这道题你会了吗？姜小松放下手里的小人书，毕恭毕敬地站起来，很淡定地说："老师，关于这道题我有三种解法，请问您想听简单的还是复杂的？"

真不知道小鼻子小眼睛的姜小松，小脑袋瓜整天在想些什么。冯莎莎经常为一道数学题绞尽脑汁，姜小松实在看不下去了，就会说："我们做个交易吧，你帮我抄歌词，我帮你补课……"

冯莎莎觉得姜小松的眼睛一定是长在头顶了，那副自命不凡的样子真是欠揍啊。可为了保持前五名，冯莎莎决定豁出去了。

姜小松让她抄的第一首歌，是梁静茹的《勇气》。偶尔心情好的时候，他还会很大方地把随身听借给冯莎莎。冯莎莎的青春，因为有了梁静茹而不觉得孤单。

## 2003年，冤家路窄

初三刚开学，姜小松突然找班主任换了座位，冯莎莎觉得奇怪。姜小松的解释很离谱，他说两个好学生坐在一起，浪费资源。

马上就要中考，她也没多余的时间跟他计较。不过这样也好，他对她总是一副恨铁不成钢的样子，冯莎莎觉得她的自尊早就被摧残得碎了一地。

两年下来，冯莎莎凭着笨鸟先飞的精神，已稳扎稳打地成了班级的第二名。其中，不得不承认有姜小松的功劳。

2003年，两个人顺利考上市里最好的高中。9月份去学校报到，冯莎莎在高一（6）班的名单里看到姜小松，再往下几行就是自己,两个人竟然又被分到了一个班。

"喂,我们在一个班呢。"冯莎莎远远看到姜小松迎面走来,忍不住跟他打了个招呼。

姜小松一副淡然而又傲慢的样子:"那你又不能考第一了,抱歉啊……"

那语气和表情,让冯莎莎很受伤,她暗暗发誓,高中三年一定要超过他。其实冯莎莎的文科成绩很出色,只是高中的物理和化学明显难了一大截,总体排名被拉了下来,而姜小松竟然"嚓"地跑到了年级第一名。

与此同时,增长幅度同样夸张的还有他的身高,他一下子长到了一米八,比冯莎莎高出了半个头。高二文理分班,冯莎莎毅然决然地选了文科。一想到再也不用和姜小松暗暗较劲,冯莎莎忽然有些失落。

不过,好在长了个头儿的姜小松好像一夜之间换了个人,变得温顺谦和。偶尔在校园里遇到,他还会礼貌地跟她打个招呼。

冯莎莎生日的时候,意外收到姜小松通过邮局寄来的礼物,一个索尼的MP3(音乐播放器)。

"在一所学校,干吗要给邮局做贡献?"放学的时候,冯莎莎在校门口拦住了他。

"因为想给你一个惊喜……"姜小松挠挠头,支支吾吾的,像个做错事的小孩儿。冯莎莎忽然发现,这个从初中就一直和自己抬杠的小男生,其实笑起来的样子很好看。

"待会儿我有场球赛,有时间来看吗?"姜小松有些忐忑地问她。那个黄昏,篮球场上飞奔的少年,让冯莎莎的心,蓦地乱了。

那些懵懂的情愫,忽然在她的心底生了根,发了芽。

**2006年,你身边的女孩很可爱**

高三,每个人都在为高考做最后的拼搏。冯莎莎在走廊看到姜小松的时候,也会不经意发现他脸上的疲惫。有(6)班的旧日好友悄悄跟冯莎莎透露,班级聚会上,姜小松喝醉了,一直叫着冯莎莎的名字。隔天有人拿这个取笑他,他却打死也不肯承认。

得知这个小插曲,冯莎莎的心里又欢喜又忧愁。这种小折磨,大概就是喜欢一个人了吧。

黑色的六月过去,冯莎莎的志愿表里是清一色的上海。因为她记得初中的时候,姜小松说过他最爱的城市是上海,而那时她最向往的却是北京。她本想先去问问他会填哪所学校,可最终还是没好意思开口。

而姜小松一考完试,就跟着表哥去了上海,连志愿表也是让家里人填的。姜小松的父母听从了班主任的建议,改了姜小松的意向,报了清华。那天冯莎莎站在光荣榜前,突然就红了眼眶。9月开学,两人一个南下,一个北上。

元旦的时候,姜小松在电话里说要来上海看她,她失落了几个月的心仿佛瞬间复活了。

姜小松说大概下午三点到站,冯莎莎两点钟就坐在候车厅。她忽然有些局促,不知道用什么方式跟姜小松打招呼才好。

火车晚点,姜小松到站的时候已经下午四点。同他一起走过来的还有一个可爱的女生,冯莎莎的心一下子掉进了冰窟窿。

姜小松介绍说,这是沈佳,我的大学同学。然后转过来对沈佳说,这是冯莎莎,我的老同学。

中规中矩,谁都不特殊。

地铁里,冯莎莎看见沈佳有意无意地总是想拉姜小松的手,但每次都被他巧妙地避开了。冯莎莎的心情一下子变得很糟糕,她觉得自己突然变成了一个大电灯泡。三人有些尴尬地吃完饭，然后去了外滩。夜景很美，沈佳拉着姜小松合影，她的整个身子几乎都靠在他的怀里，冯莎莎对着镜头，恍惚得差点儿忘了按下快门。眼前的这个少年，忽然变得隔山隔水地遥远。

三天后，他们回北京。在车站，冯莎莎很想当着沈佳的面，对姜小松说出心底的那份喜欢。可姜小松欲言又止的表情，让她犹豫了，然后火车开走，她像是从一场梦里醒来。

## 2010年，将你拉进黑名单

2010年，冯莎莎大学毕业，和同事在浦东合租一个小居室，享受单身的小快乐。

有一天下班回来，冯莎莎刚煮好一碗泡面。打开电脑，高中的QQ群里突然跳出一则消息，班长姜小松下个礼拜结婚，有没有人组团去北京参加婚礼。然后又发上来一组婚纱照，冯莎莎的表情在那一刻凝固了。姜小松身边那个笑靥如花的女子，是沈佳。

当年在车站送走他们，冯莎莎回到宿舍就将姜小松的名字拉进了黑名单，手机、QQ，还有那个时候很热闹的校内网，毫不保留。

她也曾幻想着，姜小松会用其他的办法来找她。半年过去，一点儿动静都没有。她开始答应身边的追求者。她在群里说了六个字，班长结婚快乐。刚打完，系统提示有人请求加好友。看到那个熟悉的图像，她犹豫了下，还是点了同意。

姜小松的第一句话是：那时候，你到底有没有一点点喜欢过我？

冯莎莎还没来得及回答，QQ那头还在显示"正在输入"：那年，沈佳追我，我告诉她我有喜欢的人了，那个人在上海。她不信，缠着我带她来上海，然后跟我打赌，只要你说出喜欢我，她就认输，让我们在一起，但这个过程中，我不能先对你表白。我信心十足地以为你会吃醋，我也信心十足地以为激将法对你很有用，可这次我输了，所以回去我答应了沈佳，然后将你埋在心底……我就要结婚了，希望你也幸福。"

冯莎莎的眼泪就那么掉下来，她忽然意识到当年梁静茹的那首《勇气》算不算姜小松对自己的表白呢：爱真的需要勇气/来面对流言蜚语/只要你一个眼神肯定/我的爱就有意义。

冯莎莎的确不知道，2000年，比自己矮了半个头的姜小松，在她面前是自卑的。自卑到了极端便只能自负，以此保持那份可怜的自尊。

在这场还未开始就已结束的爱情里，两个人都太骄傲，也太矜持，一点点地试探对方，发现没什么反应，就觉得受到了伤害，急着放弃。年少时的我们，还不懂得，爱情除了尊严，还需要耐心。

2010年，冯莎莎再次将姜小松拉进黑名单。只是当她在街头听到梁静茹的《勇气》时，还是忍不住会想起2000年遇见的那个少年。

《我的人生无须证明给你看》

作者：马叛
定价：32.8元

ONE·一个《读者》《意林》《花火》人气作者马叛2017年全新作品。是选择梦想，还是安于现状？是选择现世的安稳，还是选择生命的快乐？马叛用他和他身边的故事，告诉你关于人生选择题的答案。

**一本关于行走和梦想的青春之书**

作者：何慕
定价：32.8元

《这一杯我敬的是年少无知》

悬疑推理小说作家何慕，出道六年，一部都市情感类短篇小说集。一封写给曾经那个无知而又勇敢的少年的陈情书，十三个故事，十三个与曾经的我重叠的影子，或诀绝，或孤勇，让人唏嘘，令人心疼。作者用故事告诉我们，既无岁月可回头，且敬年少一杯酒。

**意林力推心理成长剖析小说**

# 意林精品图书推荐

《别来无恙,我的小初恋》
简介:作家沈嘉柯暖心力作,陪你一起挥别青春,再出发。
定价:29.80元

《喜欢你这句话,我憋住了整个青春》
简介:数十篇青春伤感故事,带你领略成长、青春、爱恋的阴晴圆缺。
定价:29.80元

《遇见你,就是最对的时候》
简介:青罗扇子、周德东等作家用文字演绎纸上电影。时光远去,我们永远青春。
定价:29.80元

《我记得你说过的每句美好》
简介:独木舟、夏七夕、七微等名家用真挚的笔触探究青春的色彩。
定价:29.80元

"梦昧之恋"系列

《这世间所有的纸短情长》
简介:织梦人张芸欣在深夜为你点一炉青莲之香,寻找渐渐远去的青春与年少。
定价:29.80元

《世界那么大,命中注定遇见你》
简介:每个人都会接触形形色色的人,又会有一些人聚聚散散,马叛说:这些相遇都是命中注定。
定价:29.80元

《我不忍念,我只怕有你的往昔》
简介:继《左耳》之后深入骨髓的疼痛青春,每个人都可以在她的故事中找到原始的自己。
定价:29.80元

《花与巡夜人》
简介:国内一本填色减压故事书,抚触你的心灵,治愈现代人的都市病症。
定价:36.80元

"深夜暖心"系列

《少年不等风来》
简介:关于年轻人的追梦故事,他们用自己的特立独行,创造属于自己的天地。
定价:29.80元

《你的人生不需要别人点赞》
简介:大人物从这里起步,成就了丰盛的人生。数百篇故事告诉你成功者的秘密。
定价:29.80元

《逆光飞翔,微芒盛放》
简介:名人的磨难被瞭晒成坚强,带给你十八而志的青春励志的正能量。
定价:29.80元

《像明星一样去战斗》
简介:数十位明星的奋斗史。逆袭背后,都是平凡生活中的伟大梦想。
定价:29.80元

"十八而志"系列

《脑洞君,请收下我的膝盖》
简介:理科的严谨与文科的情怀,二者你都能拥有。
定价:28.90元

《我心有猛虎,而你只要一枝蔷薇》
简介:量身为中学生打造的心灵读本!
定价:28.90元

《一生心事只得一人来解》
简介:与名家碰触思想上的火花,快乐成为阅读的领跑学霸。
定价:28.90元

《好男孩上天堂 坏男孩走四方》
简介:毕业于剑桥大学的才女陈叠邀您围观世界名校男神!
定价:29.80元

"大阅读"系列

《把你所有的不安都交给我来暖》
讲给你听,117个如同心灵抱抱的故事。
定价:29.80元

《所有人的坚强,都是柔软生的苗》
玻璃心的朋友们,看这里!讲给你听,125个含泪奔跑的人生故事。
定价:28.90元

《生命中除了爱,其他都是行李》
讲给你听,召唤小确幸的111个故事。
定价:29.80元

《都道初心不可负,而初心是何物》
133个初心故事,既有明星大家,又有平凡人物,从故事里闪耀初心的光芒。
定价:29.80元

"初心讲义"系列

# 意林精品图书推荐

《我的人生无须证明给你看》
简介：ONE·一个《读者》《意林》《花火》人气作者马版2017年全新作品。
定价：32.8 元

《那个神秘的宣愉小姐》
简介：青春、古风双料大神苏缠绵全新青春心理治愈小说，初次尝试驾驭双重人格的人物设定，一场治愈并守护爱情的计划……
定价：32.8 元

《这一杯,我敬的是年少无知》
简介：悬疑推理小说作家何慕，出道六年，全新都市情感类短篇小说集。
定价：32.8 元

《光年未至，盛夏已满》
简介：意林彩绘英文系列精选《绘英语》杂志中读者欢迎的内容，让中学生轻而易举让英语变强！
定价：29.80 元

《我不愿让你一个人走过青春的荒芜》
简介：95后男神作者谢宁远写给你深情的告白书。十五篇故事，是告白，亦是陪伴。
定价：29.80 元

《对方正在输入中》
简介：那些爱与被爱的故事。年少时的懵懂酸涩，成熟后的感人至深；是心头的一枚朱砂痣。
定价：29.80 元

《你是年少的欢喜，喜欢的少年是你》
简介：古风天后吾玉，初涉现代爱情，打造都市轻风之作。
定价：29.80 元

《从此晚安我自己》
简介：95后男神作者何家豪一部青春成人礼童话，将这16个故事，说给长成大人的你！
定价：29.80 元

《我不成仙 一 断尘绝念》
简介：不想成仙却毅然修仙，她见愁只想有朝一日亲口对那人说："纵你成仙，亦不可逃！"
定价：28.80 元

《我不成仙 二 杀红小界》
简介：闯杀红小界，斗神秘三关。血衣作战袍，刻骨为利刃。她的通天坦途，便是他的穷途末路！
定价：28.80 元

《风之守望者①》
简介：如何成为一个良好的被负责人？会做饭还会洗衣服就把黑服负责人拿下！
定价：24.80 元

《风之守望者②》
简介：拯救学长大作战，开始！学长，我们要毁灭世界吗？
定价：24.80 元

《符神传说①斩焰少年行》
简介：接通元灵符界，交易、对战、派单……现实与虚拟之间，体味什么叫酣畅淋漓！
定价：28.80 元

《符神传说②东川起风云》
简介：逆转鬼魃岭，人盗荒探迷城，跨越空间界限，酷玩奇阵妙法，开启异度奇幻热血征程！
定价：28.80 元

《禁域①墓地神婴》
简介：盖世皇者重现世间，只为触底反击，再创传奇！踏破乾坤纵横时空，禁域即将揭晓。
定价：28.80 元

《禁域②宗门斗者》
简介：扶桑谷内迷雾重重，神秘世界、时间长河、神秘女子……时空彼隔，究竟有着怎样的秘密？
定价：28.80 元